DERRIÈRE LE SOURIRE...

KHALED

DERRIÈRE LE SOURIRE...

Michel LAFON

103, boulevard Murat - 75016 Paris

PRÉFACE

Khaled le rebelle incarne le raï à lui tout seul. Même s'il ne prétend pas au titre de précurseur ou de chef de file, il a fait connaître ce nouveau genre musical en France et, partant de là, jusqu'aux États-Unis, en Inde et au Japon. Son lumineux sourire en est devenu l'emblème, le symbole. Et grâce à lui, au plus profond de la nuit sans lune où rampent les terroristes, malgré les massacres d'enfants et d'innocents, malgré les femmes violées, continue de briller une étoile, cette promesse d'une aube ensoleillée qui mettra fin au cauchemar de l'intégrisme. Oui, grâce à lui, l'Algérie, l'amour, la jeunesse et la liberté chantent encore dans les cœurs. Car cet hymne à la vie et à la tolérance résonne dans chaque mot, chaque phrase, chaque page de ce livre rédigé dans la langue universelle des hommes libres : l'espoir.

L'espoir... En dehors de toutes les souffrances, c'est aussi cela qui se cache, chez Khaled, *derrière le sourire*...

Gilles LHOTE

— 1 —

« FUIR, MAIS OÙ ?[1] »

Voici la fin du monde
L'âge d'or s'est envolé
Nous avons tous été détruits...

1. *Harba ouine.*

« *Harba ouine* », fuir, mais où ? Les paroles de cette chanson sont de Mohamed Angar. Ce professeur oranais dans la misère est venu en 1988 à Alger pour me proposer d'enregistrer son texte. À l'époque je faisais la fête sans arrêt et il fallait être très fort pour me trouver. Nous nous sommes finalement rencontrés. Les paroles allaient droit au but. Elles décrivaient ce qui se passait en Algérie. Le peuple ne demandait rien d'autre qu'un peu de liberté. Mais la baraka s'était envolée.

Mohamed Angar savait que je n'aurais pas peur de chanter *Harba ouine.* Je lui ai demandé un peu de temps pour réfléchir à la musique. Mais Angar avait pensé à tout. Il m'a proposé la musique d'une chanson d'Idir[1], *Zwits-arwits,* « Danse-remue ».

Idir, le poète et chanteur kabyle, je l'ai découvert en 1975 à la télévision algérienne en regardant le

1. Le 22 juin 1995, Idir et moi avons chanté en duo sur la scène du Zénith — en compagnie de Guy Bedos, Smaïn, Maxime Le Forestier, Cheb Mami et Jacques Higelin — pour fêter la création de notre association « Algérie, la vie ».

clip de *Avava inouva*, le premier tube maghrébin international. J'avais quinze ans. Les images parlaient. *Avava inouva* était un appel à la fête. Ça se passait à Tipaza. Avec une belle fille. Je ne comprenais pas la langue berbère, pourtant je sentais que Idir ne chantait pas la politique mais la joie de vivre.

J'ai enregistré *Harba ouine*. Ma première chanson « engagée ». Le disque est sorti en septembre 1988.

Je suis parti en France.

Les événements ont commencé début octobre…

Et *Harba ouine* est devenu un hymne des jeunes manifestants lors des émeutes pour la démocratie. Je voulais rentrer en Algérie. Les vols ne partaient pas. Les frontières étaient fermées. Je n'arrêtais pas de téléphoner chez moi. Ma mère me disait : « Khaled, tu es dans une situation critique. » À l'époque, je n'avais pas peur.

Pas encore…

29 septembre 1994. Le jour où le raï est mort. J'ai grandi dans les faubourgs d'Oran avec Cheb Hasni. Gamins, nous avons couru ensemble dans les rues. Nous avons joué ensemble dans les mariages. Plus tard, toujours ensemble, nous avons chanté dans des cabarets oranais et à la Mutualité de Paris.

Artistiquement, Hasni faisait partie de la relève du raï. Un des meilleurs. Il avait l'existence devant lui. Il aimait la vie et chantait l'amour ; un péché pour les apôtres de l'obscurantisme. Sentimentalement, Hasni faisait partie de ma famille. Je le considérais comme mon filleul, mon « cousin ».

« Ils » avaient déjà tué des intellos, égorgé des ministres, assassiné des journalistes. Mais ce 29 septembre 1994, en exécutant Cheb Hasni, « ils » commençaient à exterminer la culture. « Ils » ont continué de le faire pendant l'été 1995 en abattant la chanteuse kabyle Lila Amara et son mari Bachir.

Je suis allé au Liban. J'ai rencontré l'immense Fairouz, la plus grande chanteuse orientale. Je lui ai dit : « Madame, je vous admire depuis si longtemps. Puis-je vous toucher la main ? » Je l'ai fait. Je peux mourir, maintenant. Moi aussi.

Chez elle, malgré la guerre, il n'y avait pas une seule trace de balle. Même au Liban, on respectait le statut d'artiste.

Le lendemain du meurtre de mon ami, je donnais un concert à Genève. J'ai demandé une minute de silence à la mémoire de ceux qui ont été assassinés parce qu'ils soignent, qu'ils écrivent ou qu'ils chantent. Aussitôt après, la salle tout entière scandait : « Hasni ! Hasni ! »

Une semaine plus tard, le 7 octobre, pour lui rendre hommage, les plus grands chanteurs de raï ont organisé un émouvant et merveilleux concert à Colombes. Ce soir-là, Cheb Mami, Sahraoui, Fadela, Zahounia, Taha et les autres ont immortalisé la mémoire de l'artiste disparu. Pendant de longues minutes, la foule a encore hurlé le nom de Hasni.

Ce même soir, je donnais moi aussi un concert, mais à Saint-Germain-en-Laye. J'ai dédié toutes les chansons à Hasni. Une nouvelle fois, son nom a roulé longuement dans cette belle nuit d'automne.

Une voix d'Algérie venait de s'éteindre, mais le souvenir de Cheb Hasni vivrait à jamais dans nos cœurs.

Hasni me manque.

Mon pays me manque.

Le bled me manque.

Oran me manque tellement que j'en rêve jusqu'au cauchemar. Sommeil agité. Fièvre. Je suis en Algérie au milieu d'un stade imaginaire. Le soleil brille. Je chante l'amour et la fête pour des dizaines de milliers de personnes. Tout le monde pleure et rit de joie. Les filles sont belles et lancent des youyous enflammés. La fête des corps qui se touchent. L'essence même du raï. C'est la paix. Une paix palpable. Le drapeau algérien claque au vent.

Flou.

Ralenti.

Distorsions.

Je me réveille trempé d'une sueur froide. La réalité me percute : on ne peut pas chanter la joie de vivre et l'ivresse dans un pays en deuil.

Une autre nuit, je me retrouve à Oran, chez moi, près du port, marchant dans les rues avec mes potes, des gosses et tous les commerçants du quartier. Je suis remonté dans le temps. Personne n'a vieilli. Sauf moi. Je les reconnais. Chaque visage. Chaque sourire. Même ceux qui ont disparu. Ils représentent mon enfance. Il fait beau et chaud. C'est l'été. Ma saison préférée. Celle des mariages.

À chaque coin de rue, à chaque carrefour, devant chaque café, le cortège grossit pour devenir marée humaine. Il n'y a que des civils. Et soudain, une sinistre voix off résonne : « Nous cherchons ceux qui ont tué nos familles ! »

Réveil angoissé.

D'autres nuits encore, pour lutter contre le sommeil, je surfe pendant des heures sur les trois cent cinquante chaînes du satellite. Téléphage patenté, je dévore tout : films, séries, jeux, télé-achat, karaoké… Mes « spots » télévisés préférés restent ceux du Maghreb et du Moyen-Orient. Je pars en virée sur les écrans algériens, marocains, tunisiens, turcs, égyptiens, saoudiens, iraniens.

Et je zappe sur ma mort.

J'ai peur…

J'ai trop peur de mourir !

Pourtant, je ne suis pas un « politique ». Je ne suis qu'un messager. Mais déjà, dans certains pays, chanter la vie et ses plaisirs est une sorte d'acte politique. Mes chansons ne sont pourtant pas subversives : pas d'appel à la révolte, pas de diatribes religieuses. Elles parlent des femmes, de l'amour et de la paix. Je n'aime qu'une chose : faire la fête, aimer, boire et danser.

Et cependant, j'ai peur…

Dans mes pires cauchemars, je vois des commandos du GIA envoyés en mission pour me tuer. On ne m'a jamais fait de menaces directes. Je n'ai jamais reçu le savon et le petit tissu blanc du futur condamné.

Mais ça craint…

Ça craint tellement qu'un jour mon frère aîné a débarqué en France à l'improviste. Je lui ai demandé :

— Qu'est-ce que tu fais ici ?

Il m'a répondu :

— Je suis parti parce que je te ressemble trop. J'ai peur !

Peur…

La mort de Cheb Hasni nous a tous bouleversés. Celle de Rachid Baba-Ahmed nous a prouvé que personne n'était à l'abri de la barbarie. Je connaissais Rachid. Il s'habillait en treillis à la manière de Fidel Castro ou du Che. Avec barbe et tout. Il portait aussi une casquette militaire, mais pour dissimuler sa calvitie. Bref, le total look guérillero cubain. « Ils » l'ont flingué lui aussi. Parce qu'il portait des vêtements militaires !

Je zappe sur Rachid… On le surnommait « le producteur de Tlemcen ». C'est lui qui nous a tous fait démarrer. Il possédait le seul studio de l'ouest algérien et sa popularité dépassait les frontières.

Rachid… Avant de créer son studio musical, il chantait des slows avec son frère sous le nom d'artiste des « frères Mégré ». « Les immigrés ».

Je rêve parfois de Rachid…

Il est vivant. Nous sommes dans un bar à Oran. Il commence par me charrier puis me dit : « Viens, on va se péter la gueule. » Mais une fois dehors, il a peur. Je lui lance : « Viens, on va insulter un colonel. » Il panique. « Non, laisse tomber. »

Son image s'estompe. Avant de disparaître complètement, j'entends une dernière fois sa voix : « Khaled, tu as fait un grand pas, mais surtout continue, va plus loin ! »

C'est ce qu'il me répétait sans cesse.

Peur…

Régulièrement, de très jeunes filles sont arrachées à leurs parents et embarquées pour être violées à la chaîne. Eux, « ils » appellent ça « des mariages de jouissance »...

Visite guidée d'une peur ordinaire.

Quand la réalité rejoint le cauchemar. L'été dernier, après une série de galas dans le sud de la France, je me retrouve à Marseille — ma ville d'adoption — avec des amis qui rentrent du bled. Au bout d'une nuit copieusement arrosée, nous finissons par échouer au port. Les douaniers me laissent passer. On monte à bord d'un bateau aux couleurs de l'Algérie. Nous trinquons. Encore et encore. Mes potes veulent me ramener à la « maison ».

— Khaled, Khaled ! Viens avec nous ! Ça va être la méga-teuf. Tout le monde t'attend, en Algérie. Allez, viens ! D'ailleurs, on est déjà partis. Les amarres sont larguées !

Panique.

Il faut que je sorte d'ici.

Je dévale les escaliers en titubant.

Je fuis.

Parfois, l'appel du pays est trop puissant...

En tournée en Tunisie ou au Maroc, je suis invariablement attiré, happé vers la frontière de cette Algérie que j'aime tant et qui me manque à en crever. Il faut que j'aperçoive la terre du pays. Que je sente monter et revenir les odeurs d'une enfance et d'une adolescence turbulentes.

Après le tournage à Marrakech du « Fréquence Star » de Laurent Boyer, j'ai pris la route du désert en direction d'Oujda et de l'ouest algérien. La frontière. Celle de mes anciens trafics. Je la connais par cœur. Les guérites sont fidèles au rendez-vous. Immobile, planté à quelques mètres de l'Algérie, je sens mon cœur gonfler. Les yeux perdus, je pourrais rester ici des heures. Invariablement les douaniers me repèrent, s'avancent et, avec de grands sourires, m'invitent à les suivre :

— Salut, Khaled. Allez viens, rentre. Viens faire un tour par ici.

Tu parles ! Je ne bouge pas. Je regarde de loin. J'ai peur d'eux. Une peur grave. L'Algérie sombre et, moi, je suis déchiré entre ma carrière et mon pays qui agonise.

Parfois, je retourne à Oran… par procuration. À travers les récits d'amis partis pour quelques semaines de vacances. Mon dernier voyage, je l'ai fait cet été au mois d'août, avec les yeux, le cœur, l'âme et les tripes de Kada. Kada, le musicien, mon ami, mon frère, qui, sur scène, a toujours été mon « Premier ministre ».

Kada n'avait pas osé me prévenir qu'il était parti à Oran pour rejoindre son fils Mohamed en vacances chez sa grand-mère. Le jour de l'attentat à la voiture piégée, devant le « Panorama » d'Oran, j'ai téléphoné à Kada, comme chaque fois qu'il se passe quelque chose de grave au pays. Son épouse Houria (ce qui signifie « liberté ») pleurait. Elle venait d'apprendre le drame.

— Khaled, Kada est à Oran, mais il est sain et sauf. Nos familles n'ont pas été touchées. Il y a au moins une dizaine de victimes, dont un militaire que tu connaissais à l'époque.

Le soir même, Kada m'appelait comme s'il ne s'était rien passé. Comme si l'attentat du Panorama ne s'était jamais produit.

— Tout va bien. Il fait beau. Je suis allé à la plage avec Mohamed...

Je l'ai engueulé.

— Tu es dingue ! Tu en as marre de la vie, ou quoi ? Je vais te mettre moi-même une balle dans la tête. Ce sera mieux que le couteau. N'oublie pas que nous travaillons bientôt. Il faut que tu rentres...

Il a rigolé. De toute façon, il se marre tout le temps. Il dégaine son rire aussi rapidement et facilement que moi le sourire. Je voulais tout savoir. Il a parlé.

— En partant de Paris, j'avais déjà peur. Mais quand l'avion s'est posé à Oran, j'ai flippé sérieusement : des camions militaires, des policiers, des soldats partout. Je connaissais les douaniers. Sourire. Accueil chaleureux et rassurant. « Ne t'inquiète pas, Kada, tu n'auras aucun problème. » N'empêche, je n'en menais pas large. Ma belle-sœur, mon fils et mon petit frère étaient venus me chercher en taxi. Toujours la peur au ventre. Le lendemain, deux flics ont assuré ma protection. J'ai emprunté un fusil à un copain. Pour me rassurer. « Tu es le bras droit de Khaled, ils vont te buter », disaient les policiers. « Il n'y a aucun danger pour toi », m'affirmait mon frère devenu intégriste. Le chaud et le froid...

Son frère, Kada a failli ne pas le reconnaître. Il était parti en France avec l'image d'un adolescent joyeux, insouciant et glabre. Et aujourd'hui, il retrouvait un homme grave portant une grande barbe, presque toujours en prière.

Métamorphosé.

Comme Oran.

Pendant que Kada me parlait, je visualisais tout. Comme si j'avais une chaîne de plus sur mon satellite.

Et j'ai zappé sur Oran…

Ma ville !

Écran oranais…

Le Dragon, le restaurant chinois sur le boulevard du front de mer… Les Millions, un autre restaurant de la corniche… Des endroits inchangés… Ma jeunesse qui m'explose à la tronche. Kada raconte et je me fais mon film. Superposition parfaite du son et de l'image. Là où autrefois il n'y avait que du sable, on a construit des dizaines de complexes hôteliers et de discothèques. J'imagine Kada le mince et son inséparable casquette américaine vissée sur le crâne faisant un bœuf au El-Manara, la boîte à la mode, ou au Soleil. Je le vois avec les amis : Cherif, devenu multimilliardaire, Chibani et Dadi qui, malgré la peur, veulent continuer de faire la fête.

Entre deux éclats de rire, Kada continue de me faire rêver, se saoulant de ses propres paroles pour mieux me faire partager son bonheur. Pourtant, ses dernières phrases amplifient mon angoisse…

— Ici, la situation est grave. Les gens sont tendus. Ils condamnent la terreur. Mais la vie continue. On peut encore s'éclater…

Silence.

— Kada ?

— S'il te plaît, Khaled, ne rentre pas au pays. Pas pour l'instant. Tout le monde me dit que si tu viens, il va t'arriver un grand malheur…

Peur.

« Ils condamnent la terreur, mais la vie continue. Tu peux encore t'éclater... » Les phrases de Kada font surgir d'autres images vieilles de plus de deux ans. J'étais encore une fois en dérive sur le câble, le pouce scotché à la télécommande.

Zapping de folie jusqu'à ce que...

Alger. L'association Rassemblement Action Jeunesse[1] organise un concert dans le stade de la Coupole. Un concert de rap. De rap algérien. Des milliers de personnes rassemblées. Ils sont jeunes, courageux. Ils ne craignent pas la mort. Leur association est dirigée par une fille. Tous des mômes. C'est beau. C'est trop beau. Soudain, levée par des dizaines de bras, une banderole émerge de la foule...

« Arrêtez la barbarie, nous voulons de la gaieté ! »

J'ai la chair de poule.

Mal du pays.

Blues algérien.

Raï.

Pourtant, en 1995, j'ai failli retrouver mes racines. Le jour où le président Zeroual a présenté ses vœux à la nation, Claude Coutant — celui qui allait devenir mon manager — a été reçu officiellement au Palais. L'idée du nouveau gouvernement était de me faire revenir en Algérie pour donner cinq concerts géants dans les plus grands stades du pays : Alger, Oran, Annaba...

1. Association créée en 1993 pendant « le Ramadan sanglant ».

Je n'avais pas chanté en Algérie depuis dix ans. Les politiques souhaitaient attirer au pays les Algériens ayant réussi professionnellement à l'étranger : États-Unis, Japon, Allemagne. Ils désiraient que les chercheurs, chirurgiens, médecins de pointe aient envie de faire le voyage retour. Le gouvernement aurait aimé que je devienne le fédérateur. Un projet alléchant. Mais de fédérateur, je pouvais surtout devenir le détonateur.

Détonateur…

Chanter dans des stades protégé par des centaines de policiers ? Risquer que des commandos de fanatiques fassent exploser des bombes dans la foule ? Accepter que des milliers de civils puissent mourir en assistant à l'un de mes concerts ?

Hors de question.

Du moins pour l'instant…

Alors certains me reprochent de ne pas prendre une position suffisamment radicale sur les événements qui crucifient mon pays. Pourtant, ce drame est une blessure ouverte dans mon cœur. Les auteurs de ces massacres de femmes et d'enfants me font honte d'être algérien.

Mais en réalité, là-bas, on ne sait pas trop bien qui fait quoi. Les flics ont des flingues. Les terroristes ont des flingues. Les flics se déguisent en terroristes. Les terroristes se déguisent en flics. Et toi, tu restes au milieu comme un con.

Les fascistes d'ici et les terroristes de chez moi, c'est la même famille.

La confusion est totale.

Qu'est-ce que je pourrais dire d'autre ?

On ne peut pas applaudir avec une seule main.

Je ne suis pas Che Guevara !

Ça fait dix ans que j'ai quitté l'Algérie et que je vis en France. On va me dire : « Khaled, qu'est-ce que tu as fait depuis tout ce temps ? » Je n'ai pas le droit d'exciter les gens, mais j'ai toujours chanté la liberté. Au pays, pour certains jeunes, il paraît que je suis devenu le symbole de la rébellion. Du côté du peuple, on me considère comme le rebelle du raï. De l'autre, pour les extrémistes, je reste Khaled le fou, Khaled l'alcoolique, Khaled le drogué. Chaque jour, je reçois plein de lettres d'Algérie. On me dit : « Khaled, ne fais pas le con, reste en France. Ici, nous avons trop besoin de toi et de ta musique. » On me demande des conseils. On m'envoie des dossiers avec des demandes de visas. Comme si je pouvais faire quelque chose. On me prête des pouvoirs que je n'ai pas parce qu'en Algérie tout le monde a des paraboles et que, si tu passes sur une chaîne française, cela veut obligatoirement dire que tu connais Jacques Chirac !

Je fais ce que je peux. Dans la mesure de mes moyens. Je peux envoyer des médicaments à des enfants diabétiques, mais pas redonner des bras ou des jambes à des handicapés sous prétexte que je passe à la télévision.

Télé. Câble. Satellite…

Zapping d'enfer.

Et je flashe sur ma peur.

Décembre 1997. Barcelone. Nous tournons au studio Arruga le clip de la chanson *El oasis de los dioses*[1] que j'interprète avec le groupe Ketama.

1. Extrait de l'album *Konfusion* (Polygram).

Cathy Bitton, la directrice du développement international de Polygram, est du voyage. Ambiance cool. Tout baigne. Entre deux prises, Cathy me dit :

— Tout est si tranquille ! Je n'en reviens pas. C'est donc possible de travailler normalement avec toi ? Ça nous change de la folie de San Remo. Tu te souviens ?

Comment oublier San Remo ?

Je venais d'épouser Samira. J'étais invité au festival de San Remo. Il y avait les plus grandes stars internationales, dont Madonna. L'apocalypse a commencé dès mon arrivée à l'aéroport. Des flics partout. Des bagnoles avec des gyrophares. Des balaises avec des flingues. Une réception digne d'un chef d'État ou du pape. Je ne comprenais pas ce qui m'arrivait. Ma femme s'inquiétait. Trajet aéroport-hôtel digne des plus grands polars hollywoodiens. Motards. Sirènes. Voitures devant. Voiture derrière. Dans ma bagnole, les mecs conduisaient avec les portières ouvertes et les armes à portée de main, prêtes à être dégainées.

Western !

Qu'est-ce qui se passait ?

À l'hôtel, le cirque a continué…

Ballet de gardes du corps. Ascenseur. Couloirs. Personne ne parle. Coups de poings codés sur la porte de la suite. Question. Mot de passe. Bruit de chaîne. Nous entrons. Il y a quatre malabars armés à l'intérieur. Une suite avec un double living et une chambre. Un interprète arrive, accompagné d'un commissaire de police. « On » me fait comprendre qu'« on » a reçu de très sérieuses menaces à mon sujet. Protection maximum. Cellule de crise. Deux gorilles resteront jour et nuit dans le living…

On frappe à la porte. Je veux aller ouvrir. Pas question. Un des bodyguards sort son flingue, déverrouille et braque son revolver sur la tête d'un mec abasourdi. Je hurle :

— Arrêtez ! Arrêtez ! C'est mon manager !

Pas cool...

Pas cool du tout !

La corrida va continuer pendant toute la durée du festival. Les scènes hallucinantes se succèdent. Je me souviens de restaurants dont j'étais le seul client « officiel ». Les autres tables étaient pleines... de flics en civil, prêts à sortir leur artillerie. Si une assiette tombait par terre, trente mecs mettaient la main à l'intérieur de leur veste.

Du sérieux !

Je me souviens aussi d'arrivées au théâtre avec dix fois plus de gardes du corps que les plus grandes stars du show-biz mondial. Malgré ma peur et le côté dramatique de la situation, je ne pouvais pas m'empêcher de sourire en pensant aux réactions de ces vedettes consacrées : « Mais qui est donc cet Arabe inconnu encore mieux protégé que Bill Clinton ? »

Alors, oui, j'ai peur.

Et j'ai mal à l'Algérie.

Au pays, les imams disent aux enfants que je suis le diable. Pour galvaniser leurs commandos suicides, ils promettent le paradis à leurs tueurs. S'ils sont tous au paradis, c'est sûr, je préfère être un diable en enfer. Mais que désire le peuple algérien ? S'il veut prendre les armes pour la liberté, qu'on me donne un flingue, des grenades, je suis prêt ! Je pars tout de suite me battre à ses côtés. Et l'on saura alors ce qui se cache réellement derrière mon sourire ! C'est la vérité. Tôt ou tard, je vais partir et personne ne pourra m'en empêcher.

Comme personne n'a pu m'empêcher de quitter l'Algérie en janvier 1986 pour le grand rendez-vous du raï au festival de Bobigny, mais c'était autrement moins grave.

— 2 —

« LES GENS DE LA FANTASIA[1] »

Elle est partie à Paris,
sans passeport ni devises.

1. *Shab el-Baroud*, Khaled.

Le raï a été inventé dans l'ouest algérien par les bergers et les paysans les plus pauvres. Puis, comme un vent de fièvre et de folie, il a soufflé sur une ville : Oran.

Le raï, c'est la musique des bas-fonds, des bordels d'Oran, des dancings de banlieue. Le raï, comme le blues, c'est la musique du diable, un coup de sirocco qui fait fondre plombs et fusibles, qui te brûle le cœur et la cervelle. Le raï, c'est la musique de la fête et de l'amour libre. Le raï se sert bien corsé, on the rocks. Il se déguste sensuellement, cul sec. Pour en apprécier pleinement la saveur, il faut baigner dans l'alcool et la fumée, se frotter aux danseuses, s'enivrer du parfum des femmes dévoilées.

Voilà ma définition de cet art qui, très tôt, m'a fait disjoncter. Les critiques artistiques intellos ont écrit de très belles choses sur cette mélodie qui a bouleversé ma vie. Genre : « Le raï ? Une musique étroitement liée à l'histoire et aux traditions du Maghreb. Le raï est une forme d'expression musicale et verbale aux racines ancestrales, n'obéissant à nulle contrainte formelle, une sorte de chant libérateur et improvisé où le langage ne connaît plus de tabous, s'émancipe de tout interdit moral ou religieux pour dire simplement le bonheur d'être jeune et en vie. »

Le raï ? Môme, j'étais fasciné par la grande Cheikha Rimiti, notre Édith Piaf à nous, les Oranais. Elle chantait le raï façon classique avec flûtes et violons. Et quand elle se saoulait la gueule, il y avait une telle rage dans son raï qu'on lui criait : « Remettez la dose ! » Voilà pourquoi nous l'avons surnommée Rimiti !

Cheikha Rimiti, octogénaire et pionnière de la guerre du raï…

Moi, la plus grande et la plus belle de toutes les batailles du raï, je l'ai livrée en France. En 1986. Du 23 au 26 janvier. À Bobigny. Avec tous les rebelles du raï. La bande des chebs.

Cheb…

Le mot signifie « débutant » ou, mieux, « petit jeune ». Notre génération de chanteurs s'était ainsi baptisée ironiquement en opposition aux cheikhs.

Cheikhs…

Les maîtres, les anciens, ceux qui monopolisaient alors la chanson arabe et qui furent nos modèles, nos héros.

Premier festival du raï de Bobigny…

Les plus beaux jours de tous les jours.

Des nuits magiques.

La bande du raï…

Cheb Sahraoui et Cheba Fadela. Le couple officiel du raï. En 1985, quand ils chantaient encore en duo, Sahraoui et Fadela ont créé un tube, *N'Sel Fik* (« Tu m'appartiens »), qui a bien failli ne jamais sortir du ghetto de Barbès où la musique arabe était confinée.

Heureusement pour eux, le groupe anglais des Forty-Niners a repris *N'Sel Fik* pour en faire une version « house » au succès international. Sahraoui et sa passion pour les mélopées mélancoliques, fou d'arrangements, d'échos et d'effets électroniques. Fadela à la voix terriblement émouvante et au courage immense. Pas si facile que ça d'être une femme en Algérie, surtout quand on exerce le métier de chanteuse de raï, un genre musical aujourd'hui uniquement réservé aux hommes.

Cheb Mami, dix-neuf ans, le benjamin surdoué au timbre incroyablement aigu. Cette année-là, il venait de sortir son premier disque en France, contribuant au lancement de la locomotive raï...

Cheb Hamid, très influencé par l'Andalousie, au raï percutant et puissant, fait d'un mélange de flamenco et de musique maghrébine. Inévitables influences espagnoles...

Raïna Raï, le premier groupe du genre créé par Chikhi Tarik, bon musicien et très bon arrangeur de disques arabes et orientaux. Raïna Raï, au raï plus léché, plus professionnel. Moins d'improvisations. Plus de sophistication et de recherches dans le choix des instruments anciens...

Je zappe sur Bobigny...

Premier festival de raï.

J'ai vingt-six ans.

Je viens de débarquer en France.

Paris a des allures de Californie.

Bobigny…

Le soir du premier concert, mon ami Kada m'entraîne dans la salle pour « faire la balance ».

La balance, je ne savais pas ce que c'était !

J'ignorais qu'il fallait régler la puissance et l'intensité de chaque instrument. Équilibrer tous ces instruments par rapport à la voix du chanteur. Que le son soit parfait, mais aussi identique dans toute la salle, devant, derrière, au milieu, sur les côtés…

En faisant la balance, j'ai vu que tout le monde tirait sur des pétards. En Algérie, je fumais toujours en cachette. Là-bas, si tu te fais prendre en train de rouler, les flics t'embarquent. Six mois de prison ferme.

Bobigny…

Je répète sur scène avec Sahraoui. Michel Cardoze vient nous interviewer. Hyper timide, je suis pétrifié. Pourvu que ce mec pose la première question à Sahraoui.

Perdu…

— Khaled, dites-moi exactement ce que veulent dire les paroles que vous chantez !

Je réussis à marmonner :

— Euh… Sentiment, amour… tout joint…

Sahraoui vient à mon secours :

— Aujourd'hui, le raï est devenu beaucoup plus sentimental.

Et, dans la foulée, il répond à la deuxième question de Cardoze :

— Pourquoi avez-vous introduit des violons électriques, des synthétiseurs, des claviers ?

— Pour enrichir la musique. Mais, au fond, le raï est resté authentique.

Cardoze se tourne alors vers moi et me tend le micro...

La peur de ma vie.

Je me lance :

— C'est comme il a dit lui !, dis-je en désignant Sahraoui qui se marre.

Cardoze rit aussi et reprend à son tour :

— « C'est comme il a dit lui ! »

Ce jour-là, la terre s'est ouverte sous mes pieds.

La honte de ma vie.

Aujourd'hui encore, mes amis s'en souviennent, mais je ne savais pas que cette phrase allait devenir historique en Algérie où tout le monde, ou presque, avait vu cette émission.

« C'est comme il a dit lui ! »

Bobigny...

Jeudi 23 janvier 1986, le premier soir du premier festival de raï, Cheb Mami et Cheb Hamid font un triomphe. Je n'ai jamais vu autant de monde à un concert. Des milliers de personnes. Et il y en a des centaines qui attendent dehors. Ils sont venus de toute l'Europe : Belgique, Allemagne, Espagne. Je suis encore plus surpris que les gens me reconnaissent dans la rue, dans les coulisses, dans les cafés. Ils me sourient, me touchent, viennent me serrer la main, surpris que les journaux écrivent des articles sur moi en me comparant aux plus grands : « Le Bashung du raï », « le Johnny raï ».

Vendredi 24 janvier 1986. Cheb Sahraoui, victime d'un problème aux reins, arrive dans une ambulance du SAMU. Il entre dans les coulisses sur un brancard. Les infirmiers lui font une énorme piqûre. Je flippe pour mon ami : « Mon dieu, comment va-t-il réussir à chanter pendant plus d'une heure ? »

Littéralement porté, soutenu par un public en ébullition, aussi nombreux que la veille, Sahraoui met le feu à la salle.

Dans quelques minutes, je dois prendre le relais…

Peur.

Une peur terrible.

Un trac de merde.

Des nausées horribles…

Spasmes.

Moments interminables, penché au-dessus du lavabo. Il paraît que Jacques Brel, lui aussi, était malade à crever avant d'affronter son public.

Comme Johnny Hallyday…

Bobigny…

Après un verre de whisky, je me suis lancé. Comme on se jette à l'eau. J'ai commencé par une chanson religieuse, *Faites la prière pour notre prophète.* « Ce sont les dix commandements. Les envoyés du Ciel étaient dix. »

Mon dieu, quelle ambiance…

La salle est pleine à craquer. Des femmes, bras levés, remuent les hanches et lancent des youyous. Les familles arabes se mélangent aux bandes de Beurs et de banlieusards. Avec, au milieu, tous les branchés parisiens.

Le raï est une musique qui dérange…

Même en France !

Exception faite d'*Actuel*, de *Libération* et de gens comme Alain Maneval, Gilles Millet, Jean-Louis Foulquier, Frédéric Mitterrand, Jean-Pierre Lentin et Philippe Vandel (nous y reviendrons plus longuement), la « grande » presse, les radios et les télés boudaient le raï.

Bobigny...

Cette foule qui hurle mon nom sans me connaître. Même si, à Barbès, mes cassettes se vendent par dizaines de milliers, certains sont surpris. Ils me croyaient plus vieux. À cause de ma voix. Comme en Algérie. Quand j'ai enregistré mon premier album, à quatorze ans, en 1974, les gens pensaient que j'en avais trente. À cause de ma voix grave et rauque.

Bobigny...

Cette foule qui reprend en chœur les refrains de mes chansons : « La bière est algérienne, mais le whisky est européen. »

La chaleur. Les filles qui pleurent. Les filles qui chantent avec moi : « La petite baraque sur la plage où l'on a fait l'amour toute la nuit. » Ou *Shab el-Baroud*, une chanson que j'ai écrite dans l'avion : « Elle est partie à Paris, sans passeport et sans devises. »

Sans passeport et sans devises...

J'ai failli ne jamais venir en France. J'ai été à deux doigts de rater la teuf historique de Bobigny.

Bobigny...

À l'origine, l'histoire du miracle de ce premier festival de raï repose sur deux hommes, Martin Meissonnier et le colonel Senouci.

Martin Meissonnier, le grand maître du métissage des musiques mondiales, l'ex-tourneur des groupes de free-jazz en France, le producteur de Fela, King Sunny Ade, Ray Lema.

Le colonel Senouci, directeur de l'office Riad El-Feth (OREF) d'Alger. Un militaire à la sensibilité artistique exacerbée. Un visionnaire branché sur les mouvances artistiques qui, très tôt, avait senti instinctivement la richesse du raï et son immense potentiel culturel.

Martin Meissonnier, l'esthète itinérant de la World Music et le colonel Senouci, l'homme providentiel à qui je dois presque tout, s'étaient rencontrés en 1985 pendant l'organisation du festival de la jeunesse à Alger. Un festival qui avait sorti le raï de sa clandestinité.

Les deux « visionnaires » ont alors eu l'idée d'exporter le raï en France. L'idée a séduit d'autres pionniers comme Djellali Ahmed Ourak — qui deviendra, un temps, mon manager —, Gonzales, le directeur culturel de Bobigny et, bien évidemment, Jack Lang, le ministre de la Culture de l'époque, sans qui cette formidable épopée n'aurait jamais eu lieu.

Une épopée en deux temps…

Un festival raï, du 23 au 26 janvier, à Bobigny.

Puis, à partir du 18 février, une quinzaine culturelle algérienne à la Grande Halle de la Villette. Avec du raï. Toutes les générations de raï. Les chebs. Mais aussi les légendes comme Cheikha Rimiti. Et les « modernes » des années soixante-dix : le chanteur Bouteldja et le trompettiste Bellemou, celui dont le raï fulgurant a donné envie à la nouvelle génération des chebs de se lancer dans la grande aventure.

Aventure...

Peu de monde y croyait.

Finalement, le gouvernement algérien a compris. Les frontières se sont miraculeusement ouvertes pour laisser passer les apôtres de la culture arabe et les rebelles du raï, musique maudite, mélange de rock et d'harmonies maghrébines. En route pour un premier festival français de raï programmé et soutenu à contre-courant...

Je suis arrivé à l'aéroport d'Oran le 27 décembre 1985 avec Cheb Sahraoui. Pour la première fois de ma vie, j'étais en règle avec la loi. J'avais tous mes papiers : ma carte d'identité, mon passeport et mon permis de conduire. Depuis des années, je jouais à cache-cache avec les autorités militaires, jonglant avec les sursis pour retarder le plus possible le jour de mon incorporation.

Deux ans !

Le service, très peu pour moi.

Le colonel Senouci était intervenu en ma faveur auprès du ministre de la Culture algérienne.

J'avais une autorisation de sortie du territoire.

J'avais un sursis militaire parfaitement authentique.

J'avais une fiche individuelle d'état civil.

J'avais tout le tralala...

À la douane, je montre mon billet d'avion à la police des frontières ainsi que mon passeport et tous les papiers nécessaires. Une pleine mallette de papiers légaux. Ils fouinent partout, mais ne peuvent rien dire.

Heureux !

Les bagages sont enregistrés avec, à l'intérieur, du vin algérien pour les copains.

Un vieux flic se campe devant moi et me regarde avec insistance des pieds à la tête…

Je portais un jean.

Le flic ne me quitte pas des yeux. J'ai senti les galères arriver. Je lui demande :

— Pourquoi tu me regardes comme ça ? Je ne suis pas en slip ! Je suis habillé correctement. Pourquoi tu me regardes ? Le jean, ce n'est pas un pantalon ?

Chez nous, quand les pauvres ont un billet d'avion et un passeport pour partir en France, ils se sacrifient pour acheter un costume. Pour faire propre. Pour bien présenter. Pour être certain de passer les frontières…

Le flic me dévisage toujours…

J'étais dégoûté.

Et les galères arrivent…

Le mec, méprisant, me dit :

— Tu me la joues ?

— Pas du tout ! Va te faire foutre ! D'abord, tu ne me tutoies pas !

— Donne-moi ton passeport !

Le flic est parti avec mes papiers. Il est revenu quelques minutes plus tard…

— Tu ne passes pas ! J'ai fait des recherches approfondies. Tu as une fiche. Une interdiction de sortir du territoire (ISTN) pour escroquerie…

— Quoi ? Je ne suis pas un voyou ! Je suis un chanteur. Un artiste.

— Tu ne passes pas.

Je suis devenu fou. Je voulais déchirer mon passeport et tous mes autres papiers. Sahraoui est intervenu :

— Arrête, Khaled. Calme-toi ! On a besoin de toi en France. Ne déchire pas ton passeport. Ne leur fais pas ce plaisir !

L'avion est parti sans moi.

Avec mes bagages…

Et le vin algérien pour mes potes.

Les journalistes m'attendaient à Orly !

Moi, j'étais victime de la jalousie et de la mesquinerie d'un petit chef trop zélé.

Mon père est policier. Un de mes cousins travaille au fichier central. Nous enquêtons. Effectivement, il existe une fiche sur moi. Mais anonyme, alors qu'elle devrait porter le nom du commissaire qui l'a rédigée. Mon cousin me dit :

— Tu t'es fait avoir. Ta fiche n'est pas officielle. Elle n'apparaît même pas dans l'ordinateur. Il faut que tu ailles à Alger régler tes problèmes. En haut lieu !

J'ai marché toute la nuit. J'étais énervé. J'ai pris le premier vol pour Alger à 7 heures du matin. Je connaissais Lekhdiri, le patron de la Sécurité nationale ; j'avais joué pour les fiançailles de sa fille. Il me reçoit :

— Bonjour Khaled. Qu'est-ce qui se passe, mon fils ?

Je lui explique mes problèmes…

— Bon, c'est d'accord. Tu vas sortir. Mais surtout, ferme ta gueule. Tu vas sortir. Ne cherche pas à comprendre. Surtout, ne remue pas la merde !

Mais moi, je n'avais plus envie d'aller en France. Pas comme un délinquant. J'ai téléphoné au colonel Senouci pour lui faire part de ma décision. Il hallucinait…

— Il faut que tu partes, Khaled. Je comprends ce que tu ressens, mais il faut que tu partes. Tout le monde t'attend, là-bas, le ministre français de la Culture… Arrête de nous foutre la honte, pars !

Finalement, j'ai passé le réveillon du 31 décembre à Alger. Après une fête mémorable avec tous mes amis, des musiciens comme des flics, je suis arrivé à l'aéroport d'Alger à 8 heures du matin, complètement pété. Les flics m'attendaient. Ils m'ont fait monter dans un Airbus. Sans me rendre mon passeport… Je n'en pouvais plus.

— Arrêtez, ça va ! Comment voulez-vous que je passe en France ?

— Ne t'énerve pas, Khaled, on voulait plaisanter !

Ils m'ont rendu mon passeport. J'avais 370 francs sur moi.

Quand l'Airbus a stoppé au bout de la piste, j'ai pensé que les flics allaient revenir pour m'embarquer. Ce n'est qu'au décollage que j'ai vraiment cru à ma chance. La baraka était de retour…

Dans l'avion, j'ai écrit *Shab el-Baroud*…

Le raï, c'est ça. Les galères de la vie quotidienne.

Et les galères, ça me connaît !

Je suis arrivé à Paris le 1er janvier 1986. Kada m'attendait à l'aéroport. Nous sommes allés chez lui, à Gennevilliers. En riant, il m'a dit :

— Je vais te prêter des vêtements…

— Mais des vêtements, j'en ai !

— Non, ils sont au pressing. Les bouteilles de vin se sont cassées dans ta valise.

Retour sur la scène de Bobigny...

Les rappels se succèdent. Je ne sais plus depuis combien de temps je chante. À côté de moi, mon ami Kada s'éclate sur son clavier. Derrière, parmi les autres musiciens, aux percussions, il y a Adda, mon pote d'enfance.

Nous avons grandi ensemble dans le même quartier d'Oran, à Eckmühl. Un jour, Adda a fait partie de mon orchestre. Je m'en souviens, c'était dans un stade, pour un grand mariage. À l'époque, ma notoriété locale l'impressionnait tellement qu'il a joué à contretemps sur la chanson *Saāda*. Il était bouleversé. L'épisode m'avait amusé.

Aujourd'hui, les rôles sont inversés.

Je suis bouleversé...

Et lui s'amuse !

Je ne veux plus quitter cette scène. Je veux rester dans cette salle, m'imprégner de sa magie, vivre encore et toujours une communion sensuelle avec le public. Une communion dévastatrice. J'improvise. Les musiciens suivent...

Marsem, la chanson qui m'a ouvert les portes du Maghreb et qui figure sur mon deuxième album. Elle décrit le lieu du rendez-vous amoureux...

Sheba, la belle, la plus belle, celle de mon pays. Encore une chanson d'amour...

Moul-Car, l'histoire du chauffeur de bus qui ramène la fiancée qui attend à la gare. Toujours une chanson d'amour...

Raïkoum, votre opinion. Parce que le mot raï signifie tout à la fois « jugement », « conscience », « destinée » et « opinion »…

Je chante. Jusqu'à la douleur. Puis le chant se transforme en cris et en prières repris par des milliers de poitrines. Soudain, les hurlements des spectateurs et les bruits habituels de la salle ne parviennent plus à mes oreilles. Je vois des bouches qui hurlent silencieusement, des mains qui frappent dans des mains, mais sans claquer. Curieusement, je n'entends plus que les instruments de l'orchestre. D'abord, les percussions arabes. Le bendir. Puis la darbouka. Ce tambour étroit constitué d'une peau tendue sur une poterie de terre cuite est le moteur de l'histoire raï. La darbouka omniprésente résonne dans ma tête. En pointillé, les guitares et le clavier de mon « frère » Kada, préludes au filet mélodique de l'accordéon. L'accordéon, je l'aime par-dessus tout. C'est l'instrument de musique qui se rapproche le plus de l'âme humaine. L'accordéon pleure, souffre, et celui qui en joue pleure et souffre à son tour.

Quand je souffre, je souris. Pour masquer ma détresse… Mais l'accordéon peut également rire, être heureux et communiquer sa joie de vivre au musicien.

Quand je suis heureux, je souris. Pour montrer mon bonheur…

Le sourire comme un masque !

L'accordéon me rappelle mon enfance. C'est Kada le magicien, mon ami de toujours, qui sait le mieux en tirer la tristesse ou le bonheur, le faire rire ou pleurer. Voilà pourquoi Kada et moi avons réintégré l'accordéon des anciens dans mes concerts, alors que de nombreux jeunes chanteurs de raï l'ont délaissé.

Moments de pur bonheur.

Le bruit est revenu.

Je me suis aperçu que je pleurais.

Je pleurais parce que je me sentais libre.

Je pleurais parce que j'avais, pour la première fois, essayé de communiquer l'amour de mon pays à des Européens. Chez eux, en France !

Je pleurais parce que j'avais vu dans le regard des filles, et senti dans l'enthousiasme des hommes, que je les avais touchés.

Bobigny...

Le concert qui m'a le plus marqué.

Le message était passé et la rumeur allait maintenant enfler jusqu'à l'explosion finale. À Bobigny, avec la bande des chebs, les rebelles du raï, nous avons fait un grand pas. Mais il fallait continuer, aller plus loin. Comme Rachid nous le répétait sans cesse.

*
* *

Entre le choc de Bobigny et la quinzaine culturelle à la Grande Halle de la Villette, j'ai décidé de vivre un de mes rêves : habiter quelques jours dans une suite d'un hôtel des Champs-Élysées. Un hôtel mythique, près de la plus mythique des avenues du monde.

Le Prince-de-Galles...

Le Prince-de-Galles, Champs-Élysées, ça sonnait un peu comme Hollywood. Des mots qui font voyager dans la tête. Des mots qui servent à frimer. À l'époque, j'étais un frimeur. Mais, surtout, je ne voulais pas manquer d'alcool. En Algérie, les bars ferment très tôt. À neuf heures, on ne trouve plus une seule goutte de whisky, de vin ou de bière.

Dans les suites d'hôtel, il y a des minibars. Tu es chez toi. Tu peux boire tout le bar. Toute la nuit. Je ne voulais pas être rationné. En revenant au pays, je voulais frimer…

Je suis entré au Prince-de-Galles avec celui qui n'était pas encore mon manager.

Décalés.

Dans ce palace, avec nos mines fatiguées et nos petites mallettes, ils nous ont pris pour deux clochards. D'un air méprisant, le réceptionniste s'est adressé à nous du bout des lèvres :

— Vous désirez ?

— Bonsoir monsieur, nous désirons deux suites, s'il vous plaît !

— Donnez-moi une carte de crédit et remplissez ces fiches de police… Vu la tête que vous avez !

Mon copain s'emporte.

— Nous sommes où, là ? Je croyais que la France était le pays de la liberté.

Je tente de le calmer. En vain.

— Ne remplis pas ces fiches, Khaled !

Puis il s'adresse au réceptionniste.

— Tu es un enculé. Ce soir tu fais le beau, mais demain je vais parler à ton directeur. Nous ne sommes pas des voleurs. Ce monsieur est un artiste. On a de l'argent !

Je ne savais plus où me mettre. J'ai simplement dit au type derrière le comptoir de marbre :

— Écoutez, je ne vais pas prendre deux suites, mais trois.

— Quoi ?

— Oui, trois suites. Vous avez l'empreinte de la carte de crédit, nos identités. Vous ne risquez rien...

Le mec a eu un moment d'hésitation. Je ne lui en veux pas. C'est vrai, nous n'étions pas vraiment le genre de la maison. Les trois suites, c'était à cause des minibars. J'avais peur de manquer. Avec deux suites rien que pour moi, j'étais tranquille.

J'ai demandé que l'on nous monte une bouteille de champagne. Avec un seau de glace. J'étais triste. J'avais envie de pleurer. Je me sentais misérable. Depuis mon enfance, j'aime vivre libre. Mais j'ai toujours eu des problèmes avec les flics, les autorités, les mecs en uniforme qui ont un brin de pouvoir et qui en abusent. Pourtant, au début, je leur parle bien. Je les respecte. Et j'attends simplement d'eux qu'ils me parlent bien. Qu'ils me respectent. Mais ça foire toujours. Ce qui venait de se passer dans le hall de l'hôtel était humiliant. J'en souffrais...

J'ai vidé les minibars des trois suites. Ça faisait un sacré paquet de bouteilles. Puis je me suis assis par terre et j'ai vidé toutes les bouteilles dans le seau à glace. Toutes. Sans exception. Champagne. Martini. Whisky. Vodka. Gin. Rhum...

J'ai mélangé.

J'ai secoué.

J'ai dit à mon pote :

— On va appeler ça le cocktail Khaled. Et on va le boire cul sec !

J'étais dégoûté…

— Tu as vu comment les gens vivent ici ? Ils ont tout. Et on n'a rien ! Avec une carte bancaire, tu peux tout faire…

On a bu le premier verre.

De la dynamite.

Mon copain me regardait avec des yeux bizarres. Il ne pouvait plus parler. Plus un seul mot. Comme paralysé. Quand il est parti dormir, j'ai commencé à pleurer…

Pas de joie, comme à Bobigny.

J'étais pas loin de me flinguer !

Je suis resté enfermé dans ma suite pendant trois jours. Personne ne pouvait y entrer et je ne voulais voir personne. J'étais ivre mort. Mon cocktail m'avait rendu malade. Dans un quasi-coma éthylique, entre rêves, visions et cauchemars, mon esprit dérivait, voyageait…

Des moments de mes trois semaines à Paris resurgissaient. Avec Kada comme maître de cérémonie.

M.C. Kada, le guide parisien très respecté. Avec lui, je découvre le monde de la nuit et des cabarets. Le Omar-Khayam, dans le quartier de l'Opéra, où tous les artistes arrivés d'Iran, du Maroc et d'Alger viennent jouer. Un Égyptien y fait pleurer son accordéon. Je chante vers 4 heures du matin…

Le Ydizlare de l'Étoile, fréquenté par Omar Sharif et les musiciens égyptiens. Tous les clients sont habillés comme des princes et j'aime y frimer avec mes costards-cravates impeccables. Nous fréquentons également le Pacha. Je chante. Je gagne de l'argent. Un soir, Kada me fait une surprise. Je dois improviser un spectacle au Lido.

Flash !

Changement de décor.

Le Penalty, un café d'Ivry près de la porte de Choisy. Le patron s'appelle Omar. Sa femme Naïma est originaire d'Oran. Le Penalty devient mon quartier général. Omar et Naïma font vite partie de ma famille. Les journalistes me débusquent au Penalty. Ils me suivent dans mes virées. Ils veulent tout comprendre. Tout savoir. Ma famille, mon enfance, le raï, Oran...

Ma ville, ville insolente et rebelle où les habitants ont toujours aimé très fort la vie.

Et je zappe sur Oran...

— 3 —

« WAHRANE[1] »

Où Oran s'est-elle enfuie ?
Où est passée toute cette gaieté ?
Avant, tout le monde s'entendait bien.
Il y avait des Tunisiens, des Juifs, des Espagnols.
Mes parents, comme tous les vrais Oranais,
Parlent l'espagnol, le catalan.

1. « Oran », Khaled (Barclay).

Premier souvenir…

Je sais marcher. Pourtant, mes parents m'embarquent dans une poussette. Tout le monde est bien habillé. Il fait beau. Soleil. Ciel bleu. Les gens sourient. C'est une belle journée. Je ne comprends pas trop ce qui m'arrive, excepté que j'adore ce voyage en poussette. Je suis comme un pacha. Comme un petit mec en limousine…

Je frimais déjà dans ma poussette !

Mes parents m'emmenaient chez ma tante dans le quartier de Cholet. Comme en France. Cholet. Mais les gens disaient « le toro ». À cause des arènes. Ma tante, je l'appelais « tata Mama ». Elle ressemblait à ma mère, en un peu plus mince. Ma deuxième fille lui ressemble. Elle est brune, avec les mêmes traits, le visage fin et long… J'adore aller chez ma tante. Elle habite une grande villa alors que nous logeons dans un trois-pièces exigu.

Je frimais déjà dans ma poussette !

Je ne sais rien. Sinon qu'on va faire la fête. Nous arrivons. Toute la famille est là. Des rires. Des sourires. Des baisers. J'ai la sensation d'être un roi. Je pressens instinctivement que je vis un grand jour. Que les miens sont réunis pour moi. Mais j'ignore pourquoi…

Des bras me soulèvent de ma chère poussette…

Rez-de-chaussée… Premier étage. Nous entrons dans une grande chambre. Je reconnais des oncles, des tantes, des cousins, des amis… Un vieil homme arrive. Je me souviens aussi de lui avec sa barbe grisonnante.

Bizarre…

On me fait monter sur un tabouret.

Très bizarre…

On me retire mon pantalon et mon slip.

Le barbu s'approche de moi en souriant. Il me caresse les cheveux, me gratte le crâne, me regarde dans les yeux et s'exclame en regardant le plafond :

— Oh, regarde l'oiseau !

Brûlure au bas-ventre…

Il n'y avait pas d'oiseau dans la pièce. En revanche, le circonciseur de la famille venait de me couper mon oiseau. Cette fête, c'était « ma fête » !

Premier souvenir : un lumineuse balade en poussette.

Deuxième souvenir : l'école…

Ma mère m'a dit que, vers l'âge de quatre ans, je suis allé dans une école coranique. Une medersa. Il paraît que je portais une veste serrée, des pantalons rapiécés et des sandales, mais toute cette période reste trop floue.

En revanche, je me souviens de l'école Cheikh-Abdelkader. En bas, il y avait des religieux. Alors on disait « l'école des Pères »…

Je me rappelle aussi le respect que mes copains et moi avions pour les religieuses. Je me rappelle également des choses que j'aurais voulu enfouir, faire disparaître à jamais...

Je marche dans la rue à côté de ma mère. Je suis très jeune. Les enfants sont intuitifs et je sens sa peur et sa détresse. Après l'Indépendance, mon père a été licencié de son emploi à la marine militaire. Chômage... Je marche dans la rue à côté de ma mère. Elle va vendre ses bijoux... Ma mère fait vivre la famille en mettant ses bijoux en gage. Mon père cherche du travail...

Une époque terrible.

Je me souviens aussi du « crédit » chez les commerçants. Les épiciers étaient des berbères marocains, l'équivalent des Auvergnats français. Ils portaient des tabliers vert foncé. Le crayon à la main, ils notaient scrupuleusement tout ce que nous achetions sur un grand cahier.

Le « crédit »...

Je revois les grands bidons d'huile d'olive avec une pompe. Il y avait les jours sans viande : déchets-patates, cassoulet-lentilles, la nourriture qui tient au corps. C'est peut-être pour cette raison qu'aujourd'hui je n'aime pas le caviar. Non, ce qui me plaît toujours, ce sont les plats de pauvres... avec une baguette de pain.

Nostalgie...

Des souvenirs en vrac. Tout ce qui me passe par la tête. J'ai horreur des dates, de l'heure, des contraintes. Parfois, je me réveille la nuit en ayant une vision très claire de l'endroit où j'habitais...

Wahrane.

Oran.

Le quartier d'Eckmühl…

La rue des Flandres. Plutôt une ruelle. Nous habitons au numéro 1. Troisième étage. Les odeurs me reviennent… L'immeuble est construit à côté d'une ancienne fabrique de vinaigre et de bouchons de liège. Les murs sont imprégnés des senteurs très particulières du vinaigre et du liège. Plus loin, on peut voir le dépôt d'huile. La poste est en face de la « maison »…

La « maison ». Une entrée. Un miroir rond décoré de marguerites en fer. Au-dessus, ma mère a accroché un petit lézard porte-bonheur. Les guérisseurs fabriquaient des médicaments avec les lézards. Pauvres bêtes.

Le bonheur, maman le voulait tellement dans son foyer qu'elle a accroché dans presque toutes les pièces des hérissons porte-bonheur. Lézard, hérissons…

Le salon. À gauche la cuisine. À droite, un couloir desservant deux chambres…

Après dix ans d'absence, tout est clair. C'est comme si j'étais de retour chez moi. Je me promène dans l'appartement familial.

Retour au salon…

Mes yeux se posent sur une grande photo noir et blanc de ma mère. Une belle brune, mince…

En face, un portrait de mon père, dessiné au fusain par un artiste, à la manière de ceux de Montmartre. Mon père… Ce qui me frappait, chez lui, c'étaient ses fines moustaches. Un homme impressionnant. Quand il rentrait à la maison, tout le monde se taisait. Personne ne bougeait une oreille. Un vrai père de famille...

Et je zappe sur ma famille !

Ma mère est noire de peau. On la surnommait « la noire », « El-kahla ». Elle m'a donné sa couleur. Et j'en suis fier. Moi, on m'appelait « El-nigrou ». Le négro. Ou « Moréno ». Le brun. Mais maman, Khedidja Mabrouka, a beaucoup plus souffert du racisme que moi.

Dès son plus jeune âge, elle se tue au travail. Sa mère meurt quand elle n'a que six ans. Deux ans plus tard, c'est le tour de son père. À huit ans, la petite orpheline de la tribu des Akermia, née à Ouled-Djemaa, près de Relizane, est hébergée par sa sœur aînée qui habite le quartier de Cholet, à Oran.

Afin de « rembourser sa dette », la gamine va devoir travailler dur. Très dur. Presque comme une esclave. Elle va passer son adolescence et sa jeunesse à effectuer les tâches ménagères les plus difficiles pour une famille qui, du reste, l'adore.

Courageuse, Khedidja ne se plaindra jamais.

Pourtant, elle vivra dans un univers miséreux. En particulier aux Planteurs. Rien à voir avec les beaux quartiers d'Oran. Loin s'en faut. Comme son nom l'indique, les Planteurs c'est, à l'origine, un endroit habité par les paysans fuyant la famine et la misère noire des années cinquante. On l'appelle aussi les Planteurs parce qu'il est construit en hauteur. À cette époque, les Planteurs, ça craint vraiment : bidonvilles insalubres, sans eau, sans électricité. Insécurité...

Mon père, Adda Hadj-Brahim, est lui aussi d'origine paysanne. C'est un homme fier et orgueilleux, dominateur et travailleur. Son génie : le bricolage. Il sait tout faire de ses mains : construire une maison, fabriquer des meubles, des instruments de musique, réparer des moteurs de voitures.

Khedidja Mabrouka et Adda Hadj-Brahim se marient dans la fureur de la guerre d'Algérie. Ils sont pauvres mais, malgré leurs difficultés, offrent une belle fête à leurs amis. Dans la plus pure tradition paysanne oranaise, cheikhs et chikhates sont présents pour la noce.

Cheikhs. Chikhates…

Les racines du raï.

Jadis les chikhates, les chanteuses bédouines, interprétaient des chansons mettant en scène la vie quotidienne. Elles abordaient tous les sujets, même les plus tabous, comme l'amour.

Les cheikhs, fils de la terre d'Oranie, étaient les dépositaires, les héritiers et les messagers de la musique paysanne du début du siècle. Eux aussi chantaient la vie de tous les jours, la fête, la joie, mais encore la virilité, le sexe, les femmes, etc.

Cheikhs et chikhates chantaient le raï. Les puristes affirment d'ailleurs que le mot raï serait la contraction de l'expression « yara'yi » qui revenait sans cesse dans tous les refrains. Un peu à la manière des chansons yé-yé françaises des années soixante.

Après bien des péripéties et des épisodes douloureux, mes parents louent une maison à la Calère. Ce vieux quartier d'Oran construit sur une colline, face au port, près de Sidi-Lahouari, est aujourd'hui presque déserté. Pourtant, à la fin des années cinquante, il était habité par les gens de la mer. Un quartier de pêcheurs.

C'était une période de barbarie et de terreur rythmée par les meurtres et les attentats de l'OAS. L'Algérie saignait. Je suis né, en plein conflit, le 29 février 1960 à minuit — une année bissextile — dans cette misérable maison à moitié détruite par le tremblement de terre de 1958.

29 février 1960. 0 heure. Marqué par le destin dès l'enfance...

À la Calère.

Comme on dit « la galère »...

Mon père avait reconstruit tout seul la baraque branlante, mais c'était quand même la galère. Mes parents survivaient tant bien que mal dans un climat d'angoisse permanente.

La peur.

Le sang.

Encore et toujours...

Un an presque jour pour jour après ma naissance, en décembre 1961, lorsque le quartier est devenu trop dangereux, trop barbare, mes parents ont déménagé à Eckmühl.

Wahrane.

Oran.

Ma ville...

Une ville. Un port. Une plaque tournante. Un carrefour de civilisations et de cultures ouvert à toutes les influences : marocaines, espagnoles, françaises. Les Oranais ont leur propre langue, un dialecte fait d'un mélange d'arabe, de kabyle, d'espagnol et de français. Ça donne des mots trafiqués comme « servietta », « tabla » ou « cantina » pour un bar.

J'aime Wahrane à la folie.

Oran, on l'appelait « le petit Paris » à cause de l'ambiance, de tout ce qui se passait, de tout ce qui se brassait. À cause du raï, des cabarets, des intellos. Je me souviens d'une chanson d'un juif oranais : *Y'a de la gaieté.* Oran, une porte ouverte sur le monde où les gens vivent la nuit.

Oran, c'est une ville mélodie…

Oran.

Ma ville.

Ma famille.

Mes frères et sœurs…

Mes parents ont eu huit enfants. Nous ne sommes plus que cinq aujourd'hui. Mon frère aîné, Noreddine, est né dans le quartier des Planteurs. Filali a vu le jour dans une clinique d'Eckmühl. Ma petite sœur, Mama, est morte quand j'avais à peine trois ans. Je ne m'en souviens plus. Pourtant, ma mère m'a confié récemment que j'étais très jaloux d'elle.

Quatre autres enfants vont naître : Madjid, Meriem, Mohamed et Samira.

Le destin s'est acharné sur mes frères…

Mon petit frère, Mohamed, était épileptique. Nous couchions dans la même chambre. Je veillais sur lui. La nuit, au plus fort de ses crises, je le soignais. Ma mère l'a découvert un matin sans vie, dans son lit, étouffé par son oreiller. La nuit du drame, j'étais parti faire la fête à Misserguine, la ville de la Vierge Marie. Une région où l'on récolte les oranges sanguines. Misserguine, la ville blanche, avec ses orangeraies à perte de vue. Une oasis perdue dans un espace andalou à quelques kilomètres d'Oran.

Personne ne m'a jamais rien dit. Personne ne m'a jamais reproché quoi que ce soit. Mais je culpabilise toujours. Parce que j'étais le seul à pouvoir le sauver.

Je savais comment soigner les épileptiques...

À l'école, un élève a eu une crise. Tout le monde s'est sauvé, même la maîtresse. Mon copain se tordait par terre. Je l'ai attrapé. Je lui ai glissé une clef dans la main pour le calmer. Ensuite, direction les toilettes pour un rinçage de la bouche. La maîtresse m'a félicité :

— Chapeau ! Comment se fait-il que tu connaisses le coup de la clef ?

À cause de Mohamed !

Je me souviens de tout...

Misserguine. Le matin de la tragédie, un voisin vient me réveiller :

— Khaled, ils ont besoin de toi à la maison. Ton frère est...

Quand je suis arrivé chez moi, tout était fini.

Ce qui s'est passé cette nuit-là me travaille encore.

Mohamed avait une voix étonnante. Il était doué pour la musique. Dans le quartier, les gens disaient de lui : « Ce sera un deuxième Khaled ! » Car je chantais déjà.

Et Madjid...

Madjid ne savait pas nager. Il n'avait jamais vu la mer, jamais mis les pieds sur une plage. Avec son instinct de mère, Khedidja, effrayée, lui répétait inlassablement :

— Je t'interdis d'aller à la mer, tu pourrais être emporté par une vague !

Ma mère savait !

La seule et unique fois de sa vie où Madjid est allé se baigner, il s'est noyé. Le courant l'a emporté. Des pêcheurs n'ont découvert son corps que le lendemain, coincé entre deux rochers.

Ce jour-là, j'étais à Sidi-Bel-Abbès…

Derrière mon sourire figé se cache aussi la disparition de ma sœur et de mes deux frères.

Heureusement, il y avait la musique…

J'adorais la musique sans même savoir que je voulais faire de la musique. La musique a toujours été ma bonne étoile.

Fasciné par les instruments…

Bouleversé par les sons…

Envoûté par les mélodies…

La musique m'a sauvé de mes démons !

Flash sur une passion dévorante.

Je crois que tout a démarré sur les plaintes que tirait Benchâa, mon oncle paternel, de son accordéon. Pour moi il était immense, un 120 ! À moins que le coupable soit l'harmonica de mon père. Je le revois : laqué, noir, avec des inscriptions chinoises ou japonaises. Il est trop beau. Un de ses amis lui avait offert cette merveille comme cadeau d'anniversaire. Un soir, il nous l'a montré.

— Personne ne touche à ça !

L'harmonica lui appartenait. C'était sacré…

Pourtant, malgré toute la peur que mon père m'inspirait, je lui ai volé son harmonica.

Mon premier instrument !

Ensuite, je me suis construit une guitare. Je l'appelais la guitare Esso. J'ai fait un trou dans un bidon d'huile pour y introduire un long manche en bois. En guise de cordes, j'ai tendu le fil à pêche de mon père. Pour en tirer des sons, j'ai creusé la tôle avec un clou. Puis j'ai collé la photo du bonhomme Michelin dessus.

Ma première guitare…

Et je chantais.

Mon dieu, qu'est-ce que je pouvais chanter !

Je n'arrêtais pas.

Je ne me lassais pas.

Souvenirs. Souvenirs…

J'ai sept ans. Je m'installe dehors avec ma guitare Esso. Je chante. Mon voisin arrive. Il s'appelle Benaouda. Il me voit jouer de la guitare. Alors, tout naturellement, il m'accompagne en tapant sur un bidon. Nous chantons tous les deux des chansons marocaines, espagnoles, du raï. Nous ne connaissons pas toutes les paroles. Aussi les inventons-nous en nous rapprochant le plus possible de la phonétique et de l'accent : le « yaourt » sans le savoir.

Mon voisin, Benaouda, tout le monde l'appelait Pelé. Il était encore plus noir de peau que moi et jouait au football comme un dieu. Un vrai footballeur. Mon pote Benaouda est mort voilà quelques années à Marseille en voulant séparer deux types qui se bagarraient…

L'accordéon. L'harmonica. La guitare Esso. Et l'harmonium…

Un jour, mon copain d'école, Houari, m'emmène dans son grenier et me montre une merveille, un harmonium hindou, un instrument avec le soufflet en bas. Pour lui, ce n'était qu'un objet comme les autres. Pour moi, toucher cet harmonium était un premier pas vers le nirvana. Je rêvais de cet instrument. Jour et nuit. Alors, un soir, j'ai traversé la rue pour rendre une petite visite au grenier des parents de Houari. Je suis reparti avec l'harmonium que j'ai caché pendant un week-end chez ma tante. J'ai joué jusqu'à en avoir les mains en sang. Pour chanter, pour jouer d'un instrument, j'étais capable de tous les mensonges.

L'accordéon. L'harmonica. La guitare Esso. L'harmonium « hindou »…

Mon père comprenait que la musique prenait déjà une part importante de ma jeunesse. D'autant qu'à la maison, les choses dégénéraient gravement. Papa avait fabriqué une véritable guitare en bois à mon frère aîné Noreddine et je n'arrêtais pas de la lui voler…

Bagarres mémorables…

Le passeport obligé pour jouer sur une véritable guitare passait nécessairement par les bonnes notes. Alors j'en ai mis un coup. J'ai si bien travaillé qu'un beau jour, en rentrant de l'école, une guitare m'attendait.

Ma guitare.

Celle de Noreddine était marron.

La mienne est jaune. Une vraie guitare en bois, à la manière des charangos, les petites guitares mexicaines. Ce qui m'a le plus bluffé ? Adda s'était appliqué à confectionner un authentique manche de guitare. Pour faire plaisir à l'enfant qui aime la musique, il avait pris du temps, travaillant après ses heures de travail dans les ateliers de la police où il exerçait le métier de mécanicien.

À neuf ans, je chantais dans les mariages. Pour gagner un peu d'argent, je vendais du limoun, de la citronnade sucrée. Je lavais les voitures des voisins. Je donnais un coup de main au vieux cordonnier du coin.

De l'argent...

Pour acheter des cigarettes américaines.

Je fumais déjà.

J'écoutais du rock 'n'roll : Johnny Hallyday, Elvis Presley. Je connaissais des « grands » qui faisaient partie du Fan club Elvis Presley créé par Abdou Elimam, un fou de rock et d'Amérique. Je connaissais également Édith Piaf, Adamo, Joselito...

Parallèlement, le raï évoluait...

Après le « moderne oranais » rendu célèbre par des artistes comme Ahmed-Saber, Ahmed Wahbi, Blaoui Houari ou Benzerga, la musique marocaine a déferlé sur Oran. Des chanteurs comme Abdelhadi Belkahayat et Mohamed Abelouahed ont fortement impressionné la nouvelle génération des chanteurs algériens.

Oran et sa campagne sont une pépinière de talents. Les exemples des « modernes » et de la musique marocaine suscitent de nouvelles vocations. Messaoud Bellemou, le musicien de Aïn Temouchent, révolutionne le genre. Le premier, il a l'idée d'intégrer la trompette et divers autres instruments dans le raï. Bouteldja Belkacem et Boutaïba Seghir suivent le mouvement.

Mais le raï était toujours considéré par les autorités et les censeurs comme la musique de la honte. Aucun de ses musiciens, aucun de ses chanteurs ne prenait le risque de se faire appeler par son nom de famille. On les connaissait sous leur prénom. Par exemple, on disait Boutaïba.

Boutaïba venait de Rio-Salado, une région de vignobles située près de la frontière marocaine. Je le connaissais bien, Boutaïba. Il jouait du luth et du violon dans les mariages. Tout comme Ben Fisa, Saïd Mayati ou Houari-la-main, surnom dû à l'extrême rapidité de ses doigts. Boutaïba, je l'ai revu récemment ; il m'appelle toujours « le petit ». Parce que j'ai émergé très tôt du lot. Même « petit », je ne vivais que pour la musique ; j'écoutais Farid el-Atrache, les chanteurs de chaabi, de la musique algéroise et de la musique marocaine. J'adorais Rimiti, Bellemou, Belkacem…

Ces artistes — je les ai toujours considérés comme des hommes de l'art — ont transformé mon existence.

Les premiers véritables bouleversements commencent avec mon entrée au lycée, quartier des Planteurs. Quatre kilomètres aller et retour. Quatre fois par jour.

Je préférais la musique au lycée. Surtout depuis que j'avais de nouvelles responsabilités.

J'avais créé mon premier groupe.

Nous étions cinq.

Les « Cinq Étoiles » !

En 1970, le groupe marocain Nass el-Ghiwane lance une nouvelle musique qui fait fureur à Oran.

Une musique folklorique, mais avec beaucoup de rythme et l'introduction de nouveaux instruments. Avec Benaouda, nous étions raides dingues de ce groupe de Casablanca créé par Larbi Batma et Omar Esseyede.

Je chante et joue du banjo. Abdelkader est à la contrebasse. On l'appelait Abdelkader « Bechbèche » parce qu'il bégayait. Abdallah joue du bendir et de la petite counga marocaine. Benaouda s'occupe du dahrija, un instrument typiquement marocain. Mon ami en jouait en le posant sur son épaule.

Zap sur les « stars » en herbe...

Inutile de préciser que pour les Cinq Étoiles, Nass el-Ghiwane représentait ce qu'il y avait de mieux, le nec plus ultra. Ce groupe nous faisait littéralement disjoncter. Nous avons copié leur style.

Les Cinq Étoiles...

Avec l'argent de quelques mariages, nous achetons de nouveaux instruments : un banjo, des percussions, une sono avec de gros haut-parleurs ronds, un micro qui ressemble à un phare de bicyclette. Un de nos amis, un voisin, nous transporte dans sa voiture, une Fiat 238. Une fourgonnette. Un autre voisin nous propose également son estafette. Parfois, les mariés nous envoient un véhicule.

Les Cinq Étoiles...

L'été, ma saison favorite !

Pour moi, l'été était synonyme de mariages, de fêtes, de musique, d'argent. Parfois, notre groupe se retrouvait au chômage. Alors nous marchions dans la campagne. Nous attendions que le vent nous ramène un son, des airs...

Un mariage !

À dix-onze ans, j'étais déjà le roi des mariages. Tout le monde me connaissait : le débrouillard, le dégourdi, l'enfant adulte. Je savais déjà presque toutes les combines de la rue. Et quand, d'aventure, un mariage se terminait en bagarre, je n'étais pas le dernier à faire le coup de poing. Comme à l'école.

Le temps de l'innocence.

L'âge d'or.

L'été permanent.

Wahrane.

Oran.

Ma ville…

— 4 —

« LA ROUTE DU LYCÉE[1] »

Qu'elle est dure à monter, la route du lycée.
La route du lycée est un trajet qui me fatigue.

1. *Trig el-Lycée*, Khaled.

Je n'ai jamais appris le solfège, mais la musique coulait dans mon sang. Elle bouillonnait même. Les paroles me venaient spontanément. Inspirations de la rue. De mes jeunes expériences. J'étais un spectateur de la vie. L'homme qui m'a appris à composer s'appelait Yahiaoui. C'était un écrivain. Un poète. Je le rencontrais dans un bar en face de chez lui. Nous prenions le café. Il écrivait ses textes sur des emballages de sucre, des cartons. Je me souviens d'une de ses chansons. Elle racontait l'histoire d'un mec qui quitte son pays à bord d'un navire : « Quand le bateau a démarré, mon cœur a vibré… »

Mon cœur vibre pour le blues de Wahrane !

Yahiaoui a été victime d'un accident à la gorge. On dit qu'il est devenu clochard. Il a travaillé avec plusieurs chebs dont mon ami Kada. Il nous comprenait. Il pressentait que nous pourrions insuffler un nouvel élan au raï. Avec les Cinq Étoiles, mon groupe, nous répétions chez lui ou dans les locaux de la poste d'Eckmühl.

Noudjoum el-Khams…

Les Cinq Étoiles !

Mon groupe. Un groupe à la manière des Jackson Five.

Nous étions les Jackson Five d'Oran.

Des petits mecs délurés et rêveurs vibrant au son des mélodies marocaines. Je ne le répéterai jamais assez, le Maroc fut l'une de mes principales sources d'inspiration. Je copiais le répertoire des grands : Brahim el-Alami, Jil Jilala et mes idoles, déjà citées précédemment, les Nass el-Ghiwane.

Nass el-Ghiwane…

Il me suffit de fermer les yeux, de m'imprégner des senteurs du pays pour que tous les souvenirs remontent, précis, palpables.

Nass el-Ghiwane…

Ils jouaient du banjo sans fente, la s'nitra, avec une counga faite d'argile et d'une peau d'agneau. Ils jouaient aussi des percussions, les tadrija, et surtout du gwembri, une sorte de basse composée d'une caisse, d'un manche à balai et d'une peau de bouc, les cordes étaient tressées avec des tripes d'animaux.

Nass el-Ghiwane…

Dans un pays aussi « rigide » que le Maroc, ils se permettaient de s'engager politiquement. En chansons ! Mais le roi aimait Nass el-Ghiwane…

J'ai rencontré mon groupe fétiche en 1980, quand les frontières avec le Maroc ont été rouvertes. Ils m'ont raconté une anecdote complètement folle…

Le souverain les avait invités à chanter au palais. Ils sont arrivés et ont attendu, assis, dans la salle du trône. Le roi s'est installé et leur a dit : « Chantez ! » Eux, ils ont choisi un titre qui parlait d'amour. Mais le roi voulait entendre une chanson politique. Après avoir interprété *Mahmouna*, un hymne à la révolte (« Réveillez-vous, nous n'avons rien à manger sous cette dictature... »), le chanteur, Boudjemaa, s'attendait à avoir la tête tranchée. Mais le roi les a rassurés en disant qu'il connaissait par cœur les paroles de toutes leurs chansons. Ce n'était plus le Roi, mais un roi qui parlait comme nous, qui savait s'exprimer comme le peuple des bas-fonds.

Les Cinq Étoiles...

Nous possédions des instruments, mais la technique ne suivait pas. Les haut-parleurs étaient branchés sur des batteries de voitures. Il fallait se trimballer avec des bonbonnes d'acide pour les recharger. Nous courions les mariages, les radios-crochets...

Un jour où nous chantions dans un mariage, un type, Abdelkader Kassidi, un chercheur de jeunes talents, m'a abordé.

— Putain, tu as une belle voix ! Ça te dirait, d'enregistrer un disque ?

Tu parles !

Kassidi se croyait très fort. Baratineur, il arrivait chez un producteur oranais et lui disait : « Je t'amène un poulain, mais on partage les bénéfices. » J'ai appris plus tard qu'il se faisait toujours avoir.

Je flashe sur le disque...

1974. J'ai quatorze ans. Abdelkader Kassidi m'a présenté à Hamza, le patron des éditions Anwar. Nous enregistrons dans une pièce minuscule, avec deux petits micros et un Grundig deux pistes. La première chanson raconte mon histoire. Chaque jour, il fallait que je me farcisse vingt kilomètres à pied pour me rendre au lycée. Au bout de la route, il y avait une sacrée montée qui m'épuisait… C'est ainsi que *La route du lycée* est née.

Quelle est dure à monter, la route du lycée.
La route du lycée est un trajet qui me fatigue.

Premier titre, face A, une chanson de Khaled !

Deuxième titre, face B, une chanson de mon ami Yahiaoui : « La fille monte dans la forêt ; on voit ses cuisses sous sa robe. »

Sous-titre de la face A : « Je n'ai pas envie de travailler au lycée et personne ne m'y forcera ! »

Sous-titre de la face B : « J'aime l'amour et le corps des filles me rend dingue, spécialement leurs fesses ! »

Quand je repense à ce premier 45 tours, la chose dont je suis le plus fier reste la musique et, surtout, le choix des instruments. La génération raï précédente, celle de Bellemou, avait introduit les cuivres. Moi, j'ai eu l'idée de mettre de l'accordéon, du luth, de la guitare électrique. Et un violon. La pièce était tellement exiguë que j'avais peur que le violoniste jouant à mes côtés ne m'éborgne avec son archet.

Zap sur *La route du lycée*…

La pochette reste un morceau de bravoure. Je n'ai pas de moustache. Je me suis fait une coiffure à la Rolling Stones. On aurait dit que j'avais un casque.

J'ai tiré sur mes cheveux…

Dieu que j'ai tiré sur mes cheveux !

Le séchoir a bien fonctionné !

Je dormais comme les filles. Je tournais mes mèches. Je mettais des pinces et un foulard. Quand je me réveillais, tout était plat. Je me haïssais. Mais je voulais faire le beau.

Zap. Zap sur *La route du lycée*...

Le disque. La pochette...

Le nom ?

À l'époque, je l'ai dit, aucun artiste raï ne chantait sous son véritable nom. Abdelkader Kassidi et Hamza voulaient m'inventer un pseudonyme débile. J'ai refusé catégoriquement.

— Je m'appelle Khaled. Cela signifie « l'éternel ». Le jour de ma naissance, mon père a égorgé un mouton. Alors, respectez mon nom. Arrêtez de délirer. Je veux Khaled sur la pochette !

Kassidi a tenté de me calmer...

— Cheb, laisse tomber, ça va !

Cheb, une expression populaire qui signifie « jeune »... Le père Hamza a flashé !

— Cheb... Cheb... Tu viens de me donner une idée, Kassidi. Personne ne va toucher à ton prénom, fils : tu vas t'appeler Cheb Khaled !

Le jeune Khaled !

Zap. Zap. Zap sur *La route du lycée*...

Le disque. La pochette. Le nom...

L'argent ?

À la question « combien ? », Kassidi m'a répondu :

— Tu es encore nouveau. On va presser le disque. On va le sortir. Et après, nous verrons...

Pour me faire taire, il m'a offert un plat de Kelb el-Louz, des pâtisseries orientales faites à base de semoule et d'amandes moulues.

Cheb Hindi, Cheb Sahraoui, Cheb Feti, Cheb Kada, Cheb Houari, tous les chanteurs raï ont débuté gratuitement. Pour moi, l'argent n'était pas un problème.

Le 45 tours est sorti. Il a fait fureur. Tout le monde en parlait…

Flash sur l'après-*Route du lycée*…

Un soir, je rentre chez moi. Mon père m'attend :

— Il paraît que tu as sorti un disque, mon fils ?

Un ami de la famille m'avait balancé : « Ton fils, il cartonne, il fait beaucoup d'argent. Tu n'as plus besoin de travailler. Je t'assure, son disque se vend comme des petits pains… »

— Il paraît que tu as sorti un disque, mon fils ?

— Oui !

— Et l'argent ?

— L'argent ?

— Tu mens encore à ton père !

Je m'étais fait arnaquer et on ne me croyait pas.

Victime d'une légendaire réputation de menteur…

Le lendemain, je suis allé chercher mon père à son travail sur ma Yamaha. Il croyait que je le ramenais à la maison.

Direction les éditions Anwar…

Confrontation avec Hamza…

Mon père :

— Combien tu as vendu de disques de mon fils ?

Hamza :

— Quoi, tu me prends pour qui ?

Mon père :

— Je ne viens pas demander l'aumône. Je vais te ramener les flics. Mon fils est mineur. Tu n'as pas le droit de l'exploiter ! Tu n'as pas de contrat. Allez, viens, fiston, on y va ! Maintenant, je te crois, mon fils !

Hamza :

— Tiens, Khaled, prends une petite avance. On verra après...

Il m'a donné cent dinars. L'équivalent de cinq francs.

Il avait vendu des dizaines de milliers de disques et il me donnait une poignée de dinars...

J'étais écœuré.

— Ne parle plus jamais comme ça à mon père. Garde ton pourboire ! Je ne remettrai jamais les pieds chez toi, et tu vas regretter toute ta vie d'avoir été trop gourmand !

Et après, il n'a jamais rien vu !

L'enregistrement a eu lieu à la fin de l'année 1974. Le disque est sorti en février 1975. J'avais quinze ans.

1975, année magique et terrible à la fois.

Magique musicalement : mon disque venait de sortir et tout le monde me respectait.

Terrible politiquement : le conflit du Sahara occidental, le bras de fer entre Boumediene et Hassan II, l'expulsion des Marocains d'Algérie, la fermeture des frontières.

J'avais grandi avec les Marocains et je voyais subitement les flics les embarquer, confisquer leur maison. C'était terrible. Un véritable traumatisme. Il m'arrive d'en cauchemarder encore.

1970-1975. Deux dates charnières. Entre l'enfant de dix ans et l'adolescent de quinze ans, entre deux éblouissements — la création du groupe des Cinq Étoiles et le choc de mon premier disque — je vais devenir « Khaled l'indomptable ». La musique m'avait envoûté. Pour elle, je séchais l'école, je mentais, je me battais. Quand une passion vous dévore, vous prend la tête, vous noue les tripes et vous arrache le cœur, il faut aller jusqu'au bout.

Jusqu'au bout de ses rêves.

Même si le prix à payer est élevé.

Pour payer moins cher, pour repousser les échéances, le mensonge est devenu une seconde nature. Petit à petit je creusais la distance avec l'école, la famille, les gens bien-pensants. Mes parents ont tout essayé afin de me faire rentrer dans la ligne droite. En vain. J'avais découvert la rue. J'avais goûté aux plaisirs défendus. Je buvais. Je fumais du kif. Je draguais. J'étais dans la marge. Dès que le raï m'a emporté dans son tourbillon de fêtes, de folies et de liberté, je suis devenu irrécupérable. Le feu brûlait en moi. Me dévorait inexorablement.

Mon père a essayé de l'éteindre…

Par la violence.

Adda me frappait comme si j'étais un homme. Avec ses poings, sa ceinture, une canne. Des dérouillées mémorables. Avec un rituel immuable. Je me tenais debout, les yeux baissés, les mains derrière le dos.

Il frappait, frappait…

Je ne bronchais pas. Je ne levais surtout pas les yeux. Il aurait pris ça pour du défi ou de la rébellion. Je ne bougeais pas les bras. Il aurait cru que je voulais me défendre.

J'encaissais les coups.

Khaled l'indomptable.

Un jour, je devais avoir environ douze ans, mon père a trouvé un bout de hasch dans une de mes poches. J'ai pris la correction de ma vie. Sans broncher. Quand il en a eu marre de me taper, il m'a craché au visage. J'ai laissé la salive couler le long de mon front, sur le nez, la joue…

Je n'ai pas levé les yeux.

Je n'ai pas bougé les bras.

Si j'avais eu un flingue…

Khaled l'indomptable.

Oui, mon père était brutal. Le reste de la famille aussi. Une autre fois où j'avais découché, ma mère et un de mes frères m'ont roué de coups. Pendant tout le temps que la correction a duré, je leur ai répété :

— Je fume. Je bois. Je sors. Je fume. Je bois. Je sors…

Khaled l'indomptable.

Ils ont tout essayé.

Mais rien n'y faisait.

L'appel de la musique et de la rue était le plus fort.

Khaled l'indomptable.

Voilà quelques années, mon père m'a écrit une lettre pour se faire pardonner sa brutalité. J'avais déjà pardonné depuis longtemps parce que j'étais vraiment un démon.

J'ai échoué à mes examens.

Je me suis fait virer du lycée.

Je ne croyais plus à leurs mensonges…

Que disaient les livres ? Ils falsifiaient l'histoire. Haine des Français. Haine des Kabyles. Tous nos professeurs étaient étrangers. Ils venaient de France, d'Égypte, et pourtant eux aussi se laissaient manipuler par le gouvernement de Boumediene et nous injectaient le poison du racisme.

À l'époque, le seul chanteur oranais qui a eu le courage de dénoncer les magouilles, la corruption et le racisme s'appelait Ahmed-Saber. Je me souviens de la photo de l'une de ses pochettes de disques où il chantait en manteau de cachemire sur fond de ruines.

Je me suis fait virer du lycée, m'enfonçant encore un peu plus dans la marginalité. J'ai intégré l'équipe des loosers de la route marocaine. Celle de tous les trafics, de la musique, du désert, des défoncés.

*

* *

Le Sahara m'a toujours fasciné. C'est un endroit unique au monde où souffle l'esprit de Dieu. J'étais un petit vadrouilleur qui aimait les motos. Je faisais de la contrebande. Un jour où je partais vers la frontière marocaine pour chanter à un mariage, ma mère m'a demandé de lui ramener une théière. L'Algérie était en pleine pénurie de théières. Les gens les vendaient au marché noir à des prix exorbitants.

Après une nuit agitée, je reviens à la maison sans théière :

— Ne t'inquiète pas, maman, je t'en achèterai une lors de mon prochain voyage.

Nouveau trip. Cette fois, je pars avec un copain en DS. Personne ne possède de permis de conduire. Ma mère m'a donné de l'argent pour être certaine d'avoir sa théière. Je vais au Maroc uniquement pour lui faire plaisir. Arrivé là-bas, mon pote achète des tas de robes qu'il met dans le coffre de la voiture. Moi, je prends une théière avec seize verres, un jean avec des poches kangourou (la dernière mode de l'époque) et une chemise. Je range la théière à l'arrière, le jean dans la boîte à gants et j'enfile la chemise.

Retour vers Oran.

Contrôle de la brigade volante.

— Qu'est-ce que vous avez à déclarer ?

— Rien.

— Ouvrez le coffre !

Ils regardent à l'intérieur, aperçoivent les robes mais ne disent rien. À mon tour :

— Et toi ! C'est quoi ça ?

— Une théière pour ma mère !

— Ferme ta gueule ! Et la chemise ? Tu te fous de moi ? OK, suis-moi !

Le salaud a saisi la chemise et la théière. Je l'aurais buté. J'arrive chez moi et j'explique à ma mère ce qui s'est passé. Elle ne m'a pas cru jusqu'à l'arrivée de mon père, auquel j'ai présenté le ticket de saisie en disant :

— Il faut que tu ailles à la direction des douanes pour récupérer la théière.

Mon père m'a répondu :

— Toi tu as ton jean kangourou, et ils saisissent une théière ? C'est avec l'argent de maman que tu as acheté ton pantalon !

Toujours ma réputation de menteur…

Les boules !

J'ai pris ma moto, une Yamaha avec un amortisseur de 4-CV, un casque antireflet pour que les douaniers ne me repèrent pas, et je suis parti une nouvelle fois vers le Maroc pour l'opération théière. Peu après la frontière, j'achète une douzaine de théières ; il y en avait partout : dans les sacoches, accrochées au guidon, autour de mon cou. Au retour, les douanes volantes m'ont pris en chasse. Pour leur échapper, comme j'avais des pneus increvables, sans chambre à air, avec des crampons, j'ai emprunté les routes de montagne. Quatre cents kilomètres avec les théières qui tombaient, se brisaient. À l'arrivée, il n'en restait plus qu'une : celle que j'avais autour du cou.

Ma mère était heureuse.

Moi, j'avais les cuisses en feu…

Une semaine en djellaba !

Les risques du trabendo, le trafic.

Le trabendo, c'était l'aventure, le désert, les courses-poursuites avec les flics et les douaniers. Le trabendo servait plus à brûler mon trop-plein d'énergie qu'à gagner réellement de l'argent. Ma vie, je la gagnais avec la musique : le raï. J'étais un « voyou », accro à la musique des bas-fonds. Un mauvais fils qui buvait, fumait des pétards, séduisait les filles et ne vibrait réellement que pour le raï, musique maudite et bannie.

Mais j'aidais ma famille. Je donnais tout mon argent, ou presque, à ma mère. Ainsi on avait pu acheter une vieille télévision en noir et blanc. Pour obtenir une image parfaite, il fallait grimper sur le toit régler l'antenne : « À gauche... À droite... Plus haut... Plus bas... Stop ! »

Mon père rêvait que je fasse un métier respectable : menuisier, mécanicien, plombier, pêcheur. Une profession « normale ». Mais j'avais goûté au public. J'avais goûté, à mon modeste niveau, à la fièvre de la célébrité. À la fierté d'être reconnu dans la rue. Je faisais le beau. Je frimais. Je voulais continuer à partager des émotions. C'est vrai, je l'avoue, je rêvais de devenir une star.

*
* *

Entre 1975 et 1978, j'ai enregistré cinq nouveaux 45 tours. La sortie de *La route du lycée* m'avait propulsé vers les cabarets. J'étais la vedette, le sauvage avec une voix incroyable. On m'a engagé au Casino. Un cabaret avec une façade de château fort. Mais l'intérieur était très moderne, très luxueux. Les gens venaient dîner en écoutant la musique d'un groupe occidental. J'arrivais à minuit avec mon accordéon et l'orchestre m'accompagnait. Je m'habillais « classe » : costume, cravate.

C'est au Casino que la valse des producteurs a commencé. Les cabarets sont en effet une mine d'or pour les « rapaces ». Ils faisaient leur repérage à la Guinguette, à la Corniche, au Macumba, à Mon Château et au Biarritz. En ce qui me concerne, ils m'ont « harponné » au Casino, à

Canastel, à l'est d'Oran. Pour eux, j'étais une proie facile : jeune, inexpérimenté, faible, aimant faire la fête.

Ça se passait généralement autour d'une bouteille de whisky…

— Khaled, tu n'as pas envie de faire un autre disque ?

— Bien sûr !

— Tu as des chansons en réserve ?

Je leur balançais aussitôt des trucs que je venais juste d'inventer : « Houaria, Fatima, Zohra, aux yeux bleus, nous nous sommes rencontrés dans l'impasse hier soir… » Ou : « Ils me sont tombés dessus au milieu de la nuit dans la cantina… » Ou encore *Le ciment froid*, chanson qui faisait référence à une stricte vérité : une allusion au ciment froid des geôles où je passais quelquefois la nuit.

Le producteur sort un paquet de billets et l'affaire est faite. Le mec est content. Il a du matériel nouveau. Pour ma part, je suis ravi parce que je vais pouvoir m'acheter des fringues, faire la fête, frimer avec les filles, donner de l'argent à ma mère.

Tu te fais avoir…

Pas de contrat !

Ou alors ils te font signer un contrat pour te saigner à blanc. Un contrat qui te ligote des pieds à la tête.

J'ai enregistré ainsi beaucoup de cassettes pour les sociétés « La voix oranaise » et « Zed et Youm ». L'éditeur avait senti qu'il pouvait toucher le gros lot avec moi. Je produisais à la chaîne des chansons qui s'arrachaient. Il voulait absolument m'intégrer dans son « écurie ».

Il a tout essayé pour me faire signer.

Il est venu me voir dans ma geôle en 1983...

Il m'a tout fait.

Comme tous les autres, d'ailleurs. Certains m'envoyaient même des hommes de main pour m'impressionner et me forcer à signer. Le milieu des producteurs oranais est une jungle monstrueuse où tout est possible. Ils ne respectent rien. Ils ne se respectent même pas entre eux, se piratant les uns les autres. Dans une impunité totale puisqu'il n'existe aucune règle, aucun code de conduite.

J'essayais quand même de préserver mes chansons. Mais chez les gens du raï, à l'époque, les contrats d'exclusivité n'existaient pas. Quand une chanson plaisait à quelqu'un, il la prenait pour l'interpréter à son tour. L'auteur ne lui disait rien. Il n'y avait pas de bureau des pleurs genre : « Je vais te faire un procès ! Je te poursuis devant le tribunal des droits d'auteur ! »

L'auteur ne dit rien !

Sauf si le « voleur » amoche la chanson.

Alors là, nous le punissons !

Les disques. Le cabaret...

Les études ?

Un jour, j'ai chanté dans une école pour les orphelins des maquisards décédés. Le gouvernement avait ouvert une école spéciale pour eux afin qu'ils puissent apprendre la dactylo arabe et sortir avec un métier. Le directeur était un ami de mon père. Son frère dirigeait le cabaret où je me produisais. Il m'a proposé un marché :

— Khaled, tu t'es fait renvoyer du lycée. Tes parents sont inquiets. Je vais te donner une chance en t'inscrivant ici. Tu pourras faire tes études et obtenir un diplôme.

Dactylo raï…

Je ne suis pas même resté deux mois dans cette école. Nous étions trente élèves dans la classe. Nous tapions à longueur de journée sur des machines électriques. Un bruit d'enfer !

Le bruit des machines à écrire emportait mes rêves…

Je suis parti…

Après avoir obtenu un sursis d'étudiant !

J'étais fait pour travailler… la musique.

Marginalité totale…

Je vivais la nuit : boîtes, cabarets.

Le jour, je « cuisinais » mes chansons.

« Cuisiner » est le verbe approprié. Je trouve un thème. Je le peaufine. Je l'assaisonne. Puis, je goûte. Si le résultat est trop fade, je rajoute des poivrons, de l'ail, des oignons. Puis je laisse mijoter. Parfois, la « cuisine » ne prend pas. Alors je m'endors avec. Je laisse mes rêves continuer le boulot. Au réveil, le plat est prêt. Une bonne chanson bien cuisinée !

Une bonne chanson bien cuisinée pour les escrocs-rapaces.

Qu'est-ce que j'ai pu me faire escroquer !

En 1978, le 45 tours est mort.

L'époque des cassettes est née…

Des cassettes à la chaîne.

Je « cuisinais » comme un malade.

Pour devenir un vrai chef, j'écoutais tout : du rock, de la pop, du classique, beaucoup de musique égyptienne, énormément de reggae — Bob Marley reste l'un de mes dieux.

Comme une éponge, je m'imprégnais des rythmes et des sons du monde. Je retenais ce qui me paraissait beau, nouveau, intéressant.

Inspirations...

Mélanges...

Je n'avais pas dix-huit ans que j'avais déjà écrit plusieurs centaines de chansons. Je me battais. Je voulais être différent. Avoir mon propre style, mon influence personnelle.

Je vivais dans la rue.

La rue m'a tout appris.

J'aurais pu basculer dans la délinquance... Pire, j'aurais pu devenir escroc, flic, contrebandier ou douanier...

Un mauvais flic aigri ou un douanier corrompu.

C'est la même chose...

La musique m'a sauvé !

Ma mère flippait devant mon mode de vie. Mon père ne disait plus rien, mais je savais qu'il écoutait mes cassettes en cachette et que, quelque part, il était fier de ce fils marginal, de cet enfant qui aimait la musique jusqu'à en perdre son âme.

Je me souviens de ses paroles :

— Mon fils, j'espère que tu vas voyager loin, loin, loin, et découvrir des pays que je n'ai jamais vus !

Aujourd'hui, quand je lui téléphone, il me dit :

— Ah, tu es au Japon ? Va encore plus loin mon fils, va en Australie !

La musique m'a sauvé...

L'armée a failli briser mon rêve.

Mais je ne me suis pas laissé faire.

Khaled l'indomptable…

J'ai passé mon conseil de révision à dix-huit ans. Ils m'ont déclaré « apte pour le service ». Je n'ai pas du tout aimé ça. Normalement, à dix-neuf ans, ils t'embarquent et tu galères pendant deux ans. Mon sursis est arrivé à expiration et, un jour, ma feuille de route est arrivée à la maison.

Ils m'envoyaient au Sahara.

Le flip absolu.

Je n'avais pas deux ans à perdre.

Je commençais à percer et, derrière moi, la relève du raï pointait le bout de son nez avec des Cheb aux dents longues et pleins de talent.

Je me suis planqué.

Ma mère m'a dénoncé à la gendarmerie.

Elle savait que je passais des nuits blanches, que je faisais la fête sans arrêt. Elle voulait me calmer, me remettre dans le droit chemin. Elle ne prenait peut-être pas réellement conscience du fait que j'étais une vedette — pas encore une star — et que toute ma vie se résumait à la musique. Je n'envisageais même pas de faire autre chose que de chanter du raï, de donner de la joie aux gens.

Mon frère m'a prévenu que les gendarmes arrivaient pour m'arrêter. Je me suis réfugié chez un ami « haut placé » qui connaissait un colonel. Ce militaire a réussi à prolonger mon sursis d'étudiant de six mois.

Je l'avais échappé belle !

L'échappée belle…

Mon frère Madjid est mort noyé…

Mon ami d'enfance Benaouda s'est fait tuer à Marseille...

Oran devenait trop petit pour moi...

Il fallait que je fasse connaître ma musique ailleurs...

Je suis parti pour Alger en 1980 !

Le ticket pour Alger, je l'avais obtenu à Oran...

Je jouais avec Kada dans un cabaret, le Casino. Un de nos amis nous a présenté Mohamed Salah, le patron du Canari, une boîte-restaurant d'Oran.

— Khaled, va à Alger ! Tu vas y faire beaucoup d'argent. Mon cousin possède un cabaret, une boîte genre village africain. Tu seras bien, là-bas. Tu auras un bungalow et tu travailleras l'été.

Le Canari était fréquenté par le Tout-Oran : commissaires de police, colonels, hommes d'affaires. Au passage, Mohamed Salah est aussi intervenu pour « bétonner » l'affaire de mon sursis...

Kada est parti avec moi...

Alger !

Zap sur Alger...

La boîte, genre village africain, s'appelle la Zeriba. Des palmiers, des huttes et une scène au milieu. Le premier soir, je me suis aperçu avec bonheur que tout le monde connaissait ma musique. Les clients étaient venus pour m'écouter...

Ma réputation avait débordé des frontières d'Oran.

Alger est une grande ville. Une ville de grande corruption. Les Algérois ont leur propre langage, une manière de vivre différente. Mais je me suis fait des potes, m'intégrant dans leur culture, leur mentalité. Ici, personne ne m'ennuyait. Les gendarmes me laissaient tranquille…

Alger.

Le déclic.

C'est là que j'ai compris que je devrais bientôt quitter mon pays. Je ne savais pas quand. Je ne savais pas comment. Mais j'étais certain que le jour du départ approchait…

Je revenais passer le dimanche à Oran. Voir les amis. Faire la fête. Donner de l'argent à ma mère.

Peu à peu, l'ambiance s'est dégradée à la Zeriba. Le patron ne nous payait plus. À la fin de la saison, en novembre, le patron en question organise un dîner avec le directeur du complexe touristique de Sidi-Fredy. Ils sont ivres. Ils me demandent de jouer de la guitare. Je refuse gentiment. Palabres. Le ton monte. Je demande mon argent et celui de Kada. Le patron du cabaret menace d'appeler la police et de nous faire embarquer pour « violation de domicile ».

Nous sommes partis sans notre argent…

Escroqués…

Une fois de plus.

1983, l'année des grandes galères.

Je l'ai déjà dit, Oran était devenu trop petit pour moi. Beaucoup de gens m'adoraient. Les autres me détestaient. Je n'ai jamais laissé personne indifférent. On me « cherchait ». On me défiait. Certains voulaient même me flinguer.

Zap sur l'homme à la hache…

Oran. Le Cintra. Je suis en train de prendre un verre. Un type arrive et demande au barman si Kada est arrivé. Le barman lui répond que Kada n'est pas là mais que s'il veut parler à Khaled... Et il me montre du doigt. Le type s'approche de moi, sort une hache et me frappe. J'ai eu le réflexe d'esquiver, mais la lame m'a balafré le ventre.

Zap. Zap sur la prison...

Oran. Quatre heures du matin. Quartier des Planteurs. Je ramène mon oncle chez lui avec son amie. Quatre types se plantent au milieu de la rue, m'obligeant à freiner méchamment. Je descends de la voiture. Les mecs devaient être défoncés au Mandrax-whisky. Très agressifs. Armés. Avec hache et couteaux. J'ai frappé le plus baraqué. Reçu un coup sur le nez. Cassé.

J'avais peur pour mon oncle et son amie. Je remonte dans la voiture. Fais une marche arrière avant d'enclencher la première et de foncer sur les furieux. Ils s'écartent tous, exception faite du chef. Je n'ai pas freiné. Je l'ai percuté de plein fouet.

Pour moi, il s'agissait d'un cas de légitime défense. Le lendemain, dès que j'ai appris que les flics me cherchaient, je suis allé voir le commissaire.

— Khaled, je te fais confiance. Tu vas dormir chez toi. Je te donne quarante-huit heures pour essayer d'arranger cette affaire à l'amiable.

Le type blessé était un mafieux. Sa famille voulait me flinguer. Je suis allé le voir à l'hôpital après l'heure légale des visites pour éviter les problèmes. Dans la chambre, les choses se sont aggravées. Il voulait m'humilier. J'ai fait le voyou. Comme lui :

— OK, tu as gagné. L'argent que je voulais te donner, ce sont les avocats qui vont le prendre.

Tribunal.

Je connaissais le juge d'instruction : un client de la boîte où je chantais. Il m'a dit :

— Je n'ai pas encore vu la victime. Je vais faire vite pour régler cette affaire.

Tu parles !

J'ai été condamné pour non-assistance à personne en danger, défaut de permis de conduire et délit de fuite. La totale !

J'ai prix deux mois ferme !

Contrairement à ce que je croyais, j'ai beaucoup appris en prison. Dans ce centre pénitentiaire situé entre la ville nouvelle et le quartier El-Hamri, les prisonniers m'ont toujours respecté car je savais me faire respecter. J'ai fréquenté des gens plus âgés pour ne pas commettre d'erreurs. Je n'ai pas demandé de régime de faveur. En fait, tout le monde m'adorait. La dernière cellule où j'ai dormi contenait quatre-vingt-quatorze personnes. Un vrai dortoir.

Un jour, le producteur de « La voix oranaise » et « Zed et Youm » — un personnage très puissant, très influent à Oran — est venu me proposer un nouveau deal :

— Si tu me signes un contrat d'exclusivité pendant dix ans, je te sors immédiatement de prison. Tu ne manques de rien !

J'ai refusé.

Il est revenu plusieurs fois à la charge.

Je lui ai fait une contre-proposition.

— Je te fais cinq cassettes et tu me sors de là !

Ce qui m'a le plus marqué, en prison, ce sont les enfants. Il n'y a pas de juge pour mineurs, là-bas. Si un môme commettait un grave délit, il restait enfermé jusqu'à sa majorité. Ensuite, il était jugé comme un adulte.

Une fois à l'extérieur, j'ai continué à fréquenter des personnes plus âgées. Pour apprendre.

Libre…

Libre de se faire escroquer !

Quelques mois plus tard, mon « ami », le producteur de « Zed et Youm », réussit son coup. Alors que je chante à la Corniche, après plusieurs bouteilles de whisky il me fait signer une série « d'autographes ». Et le même soir, ma carte d'identité disparaît…

Piégé !

J'ai écrit des centaines de chansons, enregistré une soixantaine de cassettes. Parfois, j'en récupère quelques-unes chez des amis, des fans. Mon premier 45 tours, *La route du lycée*, une pièce de collection, vaut aujourd'hui une petite fortune. Ma mère doit en avoir un quelque part.

Escroqué !

Pillé !

Ma mère, Khedidja, veillait au grain. Essayait de verrouiller. Partait en guerre contre les producteurs véreux. Ils la redoutaient parce qu'elle les interpellait en pleine rue. Une fois, elle a rencontré Kassidi, « le chasseur de talents », l'homme qui était à l'origine du disque *Trig el-lycée*.

— Profites-en bien, lui a dit ma mère. C'est de l'argent que tu bouffes sur le dos de mon fils, mais c'est du sang que tu cracheras.

Je jouais avec les sursis. Je passais mon temps entre Oran et Alger. J'essayais d'imposer ma musique. Tout le pays connaissait mes cassettes et mon raï. Mais la télévision refusait toujours de m'inviter…

La musique du diable.

À cette époque, la Radiodiffusion télévision algérienne (RTA) diffusait l'émission *Alhan oua Chabab* qui devait normalement faire découvrir les nouveaux talents au pays tout entier. Mais le raï était banni d'antenne. Les gens de la télé nous méprisaient, nous insultaient. Chaque fois que j'essayais de me présenter, j'étais refoulé. Un jour, j'ai réussi à franchir les barrages pour les auditions. J'arrive sur la scène. Je me présente :

— Bonjour, je m'appelle Khaled…

— Au suivant !

Humiliation.

Mais je faisais toujours le beau. Je frimais. Comme si de rien n'était. Je me planquais derrière mon sourire. Mon éternel sourire, la politesse du désespoir. Derrière mon sourire, il y a un homme souvent angoissé, parfois désespéré.

Se battre encore et toujours.

Enfoncer le clou.

Blues du Maghreb…

À la demande générale, j'ai été invité à un grand show télévisé en direct, qui ne pouvait donc pas être censuré. La consigne était cependant : « Attention, pas de vulgarité, pas de sexe ! »

Ma première chanson évoquait le Prophète. La deuxième était poétique. À la troisième, j'ai chanté l'alcool et l'amour. Les flics étaient dans un coin et ils n'ont rien pu faire en raison du public présent. Je tenais mon ticket gagnant pour imposer ma musique au bled.

Il y avait un colonel, très proche du gouvernement, qui réussissait à faire des trucs incroyables. Pendant le festival de la musique, il avait obtenu que les Jamaïcains puissent passer en Algérie avec leur herbe. Pas de drogues dures, de la marijuana, oui ! La ganja fait partie de la culture jamaïcaine !

Le colonel Senouci m'a pris sous son aile. Je travaillais au centre. J'avais un logement de fonction. MTV venait de naître. C'est ici que j'ai découvert les satellites, les paraboles, les clips. Je suis devenu accro à la télé en censurant les clips : je devais chasser les images de filles aux seins nus. Je m'intéressais aussi au cinéma : trois salles, le matériel le plus performant. J'ai appris des tas de choses au centre. Je me suis ouvert sur le monde, sur les médias, sur la télévision surtout...

Nous avions une chaîne de télé privée.

Rien à voir avec la télévision nationale.

Celle-ci appartenait aux militaires.

Zap.

MTV a été un électrochoc. J'ai pris conscience de l'urgence de mon départ. Il fallait que j'exporte ma musique.

Zap ! Je partis pour Paris.

Et il y a eu le miracle du festival du raï de Bobigny.

Ma bonne étoile brillait toujours au-dessus de ma tête.

— 5 —

« ORAN-MARSEILLE[1] »

Les vagues s'écrasent sur les rochers…
Je tiens ma rage dans ma gorge…
Je jette mes tripes dans la musique…
Ma ville s'éveille chaque matin
Quand les fourmis partent au boulot.

1. *Sahra*, Khaled-IAM, Barclay.

La France…

Le festival de raï de Bobigny…

Des éblouissements, des moments intenses et privilégiés dont j'ai déjà longuement parlé !

En revanche, très peu de gens savent que la première chose que j'ai voulu faire en posant les pieds à Orly, en janvier 1986, c'est de me « venger » de Philippe Vandel.

Je voulais flinguer ce journaliste d'*Actuel*. Une histoire complètement folle !

Zap sur Vandel…

Printemps 1984. Philippe Vandel collabore à « Adrénaline » sur France-Inter, une émission de Jacques Pradel. Pour la petite histoire, on y retrouve aussi des gens comme Martine Mauléon, Philippe Risoli, John-Paul Lepers… Vandel est né le 5 juillet 1962, le jour même de l'indépendance de l'Algérie. Ses parents — des enseignants — ont toujours été pro-algériens. Bref, l'Algérie « parle » à Vandel. Lorsque Pradel lui propose une heure d'émission sur un thème de son choix, le journaliste n'hésite pas et annonce aussitôt la couleur :

— Je pars à Alger pour « faire » le groupe Carte de Séjour d'Amine.

Curieux, branché, à l'écoute de toutes les mouvances de la musique, Vandel avait entendu parler du raï et de… Khaled. Parallèlement à son émission de France-Inter, Vandel décide alors de vendre un sujet sur le « phénomène raï » à Patrick Zerbib[1], directeur de l'agence multimédia Awaks.

Awaks comme les avions renifleurs américains.

Awaks dont la devise était : *Learn to talk to your friends.* « Apprenez à parler avec vos amis… »

À l'époque, en France, les initiés raï se comptaient sur les doigts d'une main. Mais ça commençait à bouger dans les médias. Déjà des journalistes du *Matin,* de *Libération* et d'*Actuel* étaient venus à Oran pour tenter de me débusquer. Mais, je le répète, pour me trouver il fallait être très fort.

Philippe Vandel l'a jouée fine…

D'abord, il s'est fait inviter sur Radio Beur.

— Bonjour, je suis journaliste, a-t-il lâché au micro. Je pars en Algérie la semaine prochaine pour faire un reportage sur le raï. Tous ceux qui ont des contacts et des adresses peuvent me téléphoner…

Malin.

---

1. Patrick Zerbib est aujourd'hui rédacteur en chef de *Nova Magazine.*

C'est ainsi que Vandel a rencontré Cheb Kada, mon ami, mon frère. Et Kada lui a ouvert toutes les portes.

Vandel a débarqué à Alger le 13 juillet 1984. Le 18 juillet, il arrivait à Oran et s'installait à l'hôtel Timgad. C'était la première fois que je travaillais avec un journaliste européen. Il m'a suivi pendant trois jours. Je l'ai emmené partout. Dans des mariages de riches, des mariages de pauvres. Je lui ai fait découvrir le Oran du raï. Le Wahrane original, secret et interdit.

Il a tout vu.

Tout entendu…

Quand il est reparti, le 21 juillet, il m'a dit :

— Tu sais, Khaled, dans mes papiers, je raconte ce que je vois. Si tu veux « gommer » des choses, faire silence sur des personnages, atténuer des situations, dis-le-moi.

Je n'avais rien à cacher…

— Tout est cool, mec. Fais ton métier !

De retour à Paris, sur les conseils de Zerbib, Vandel est allé proposer son papier à Jean-François Bizot, le boss d'*Actuel*.

Verdict : « Nous le passons, mais il nous faut des photos. »

Philippe Vandel est donc revenu quelques mois plus tard en Algérie avec Paolo Teixeira, un photographe brésilien. Confiance réciproque. Excellent feeling. Je les ai laissé faire ce qu'ils voulaient. Je n'ai rien changé à mes habitudes. Ils n'ont pas « monté » de photos. Pas de bidonnage.

La vérité… Je raconte ce que je vois, je shoote ce que je vois.

Je le répète une nouvelle fois, je n'avais jamais donné d'interview à un média européen. Je ne m'étais jamais livré avec autant de franchise et de naturel à un journaliste et à un photographe. À l'époque, je n'avais aucune idée du style d'*Actuel*, de son angle pour aborder les sujets genre « plus saignant, près de l'os », de sa puissance et, surtout, de son impact.

En France, *Actuel* divisait les gens : bible de la contre-culture pour certains, mensuel culte en avance de plusieurs trains pour beaucoup, journal provocateur, branché et parfois bidon pour les autres.

En Algérie, la publication d'*Actuel* avec le reportage de Vandel me concernant a produit l'effet d'une bombe atomique.

Voilà « l'objet du délit » dans son intégralité…

Zap sur l'œuvre de Vandel !

— Dis, tu me prêtes ta femme et je t'échange la mienne ?

Je bredouille quelques mots de refus, largement couverts par les suppliques du chanteur. Mon voisin échangiste regagne placidement sa banquette, termine d'un trait un immense verre de whisky, et s'écroule à nouveau sur sa compagne.

Je suis au Cintra, à Oran, l'un des seuls cabarets de la ville ouverts jusqu'à l'aube. À trois heures du matin, il n'accueille plus qu'une poignée de clients égarés, désespérés ou hilares, ivres morts. C'est le patron d'un restaurant à vin qui m'avait renseigné :

— Si vous voulez entendre du vrai raï, allez au Cintra, c'est l'endroit le plus… intéressant… Vous me comprenez ?

Coll. de l'auteur

Une photo tendre de mon enfance turbulente : avec mon grand frère Noreddine (à droite), ma sœur Samira et mon petit frère Mohamed (à gauche).

Delage / Sipa

Ma mère Khedidja qui est tout à la fois ma maman, ma sœur et ma meilleure amie. Je l'aime fort.

Coll. de l'auteur

En 1974 à Oran, avec le frère de Dadi. Pattes d'éléphant et look « afro », période Khaled l'indomptable.

Une photo très rare : 1984 dans un mariage à Oran avec mon accordéon, l'instrument que je préfère.

Coll. de l'auteur

En 1983 à Alger avec Kada, mon ami, mon « frère », celui qui sur scène est mon premier ministre.

Coll. de l'auteur

Coll. de l'auteur

Une photo que j'adore : à Marseille, aux Mille et une Nuits, avec mon ami Djamel et toute sa famille.

Coll. de l'auteur

1986. Avec mon « frère » Kada (à l'extrême-gauche) au festival du raï de Bobigny.

Janvier 1986. À l'occasion du premier festival de raï de Bobigny, nous organisons une photo de famille avec Cheb Sahraoui - l'émir du raï - et Martin Meissonnier (2e à gauche debout).

M'Sadek / Sipa

Trois Arabes à New York, pendant
le concert du 14 juillet 1991 à Central Park.
Kada est aux claviers, Abdallah à la guitare,
je joue de l'accordéon (page de droite).

Cunillère / Sipa

Janvier 1995 : « Didi dit oui » à Samira.
Une fête somptueuse.
Un mariage à la mairie de Levallois...

Ci-contre : un César remis par Marc Lavoine pour la bande originale du film *Un deux trois soleil* de Bertrand Blier. La statuette, je l'ai oubliée dans le coffre de ma voiture.

E. Robert / Sygma

Cunillère / Sipa

...Et une nuit inoubliable au casino d'Enghien. Samira a su calmer mes vieux démons.

Bador / Sipa

Le 22 juin 1995, au Zénith pour « Algérie la vie », je chante avec Cheb Mami qui sera aussi mon partenaire dans le film *100% Arabica*.

Nivière / Sipa

En concert.
Avant d'entrer sur scène
j'ai un trac de merde,
comme Brel et Hallyday.

Cunillère / Sipa

Ci-contre : 12èmes Victoires de la Musique, *Aïcha* est élue chanson de l'année. Je la chante en duo avec Jean-Jacques Goldman. Le Juif et l'Arabe, un beau symbole de paix et de tolérance.

Coll. de l'auteur

Août 1996. À la Jamaïque avec Kada et Pierre Paparamborde.

Décembre 1997. En tournée, dans ma loge, avec mon manager Claude Coutant, que je surnomme « le colonel ».

Snake / Starface

Snake / Starface

Décembre 1997. À Barcelone, j'enregistre un titre avec le groupe espagnol Ketama : *El oasis de los dioses*.

L'entrée du Cintra est gardée à même le trottoir par un colosse assis sur une chaise. Bizarre : l'homme ne regarde pas les clients qui arrivent, mais mate à s'écorcher les yeux chaque extrémité de la ruelle.

J'entre. Drôle de bouge. La salle est immense, moquette framboise et arabesques en stuc aux murs, carrelage au plafond, plancher en bois vernis. Le patron, un petit gros d'une quarantaine d'années, le regard perçant et le sourire obséquieux, quitte son bar et décline la carte :

— Bière, pastis ou whisky ?

Je regarde la piste, à moitié vide. Quatre couples y dansent : sept hommes et une femme, couverts de sueur. On se tient par la taille, ou alors les hommes remuent des hanches, bras levés, index érigés, à l'Andalouse. Le boucan vrille les tympans : rien à voir avec le folklore !

Je reste complètement K.-O. À Paris, les rares immigrés branchés sur le raï ne voulaient rien raconter :

— Tout ce qu'on peut te dire, ça ne fait pas le centième de ce que tu verras, si encore tu arrives à voir quelque chose !

L'orchestre, six musiciens en nœud pap' et chemise brillante compressés sur cinq mètres carrés. Deux guitares sèches mal accordées, un vieil accordéon à touches piano, des percussions cravachées sur trois accords.

« Ya raï, ya raï ! » Et la voix de Cheb Hocine, indescriptible, entre Eyeless in Gaza et Malraux au Panthéon, les chants tziganes et l'ultime discours d'Isabel Allende. Entre deux gorgées de scotch, Cheb Hocine vitupère :

J'ai bu pour toi, je me suis sacrifié pour toi,
J'ai volé pour toi, et pourtant tu n'es qu'une putain,
Maintenant, je suis en prison à cause de toi,
Je ne regrette rien, à part ces fils de putes de gardiens,
Mais quand je sortirai, j'irai chez toi pour te niquer,
Et tout recommencer comme avant.

Pour schématiser, le raï est à la fois le punk, le blues et le funk de l'Algérie. En langue arabe, « Ya raï » veut dire : « C'est mon avis, mon opinion. » Pour un Algérien de vingt ans, le raï tient en ces mots : « On veut s'amuser, on veut boire, on veut baiser. »

L'Algérie, islamique, socialiste et indépendante depuis le 5 juillet 1962, ne peut plus nourrir sa jeunesse des exploits des moudjahidin, les anciens combattants de la révolution aujourd'hui planqués en hauts dignitaires du régime. Les jeunes rigolent : « Les meilleurs sont morts. » Ils se demandent aussi ce que vient faire l'Islam dans ce totalitarisme mou. Un Islam officiellement décrété seule identité culturelle, ethnique et nationale, afin de rompre définitivement avec la colonisation. Cela n'empêche pas les rues d'Alger de se vider lorsque l'unique chaîne de télé diffuse Dallas *en version française.*

L'État se méfie énormément du raï, persifleur et sacrilège. Aucune émission, aucune chanson à la radio, encore moins à la télévision. L'exception : en avril dernier, sur la radio francophone, la Macha Béranger locale offrait le raï comme thème aux appels des auditeurs. Très distante, l'animatrice ne passe pas un seul titre en deux heures d'émission !

Troublants aussi, les rarissimes papiers sur le sujet, dans le Moudjahid *ou* Algérie-Actualités. *Démarche classique : le journaliste reconnaît l'existence du phénomène, puis le minimise, et finit par tirer sur tout ce qui bouge au dernier paragraphe : « Un genre musical agréable à écouter mais hélas entaché de textes consacrés à la femme, au vin et au vice. » Ce qui me scie, c'est que le journaliste connaît le sujet sur le bout des doigts, les noms, les dates, les références. Bizarre pour quelqu'un qui n'aime pas ça. De toute façon, le public algérien, pas dupe, sait depuis longtemps lire entre les lignes.*

Les médias restent muets ? Radio-trottoir se charge de l'information : le bouche à oreille véhicule des rumeurs folles à propos du raï, souvent carrément contradictoires. Chaque éditeur, chaque chanteur est sujet à controverse, voire à scandales. En tête au hit-parade des ragots : Cheb Khaled, l'enfant terrible, l'idole du raï.

Cheb Khaled. Tout le monde le connaît, personne ne l'a vu, sauf sur les photos décolorées des boîtiers de cassettes. Certains affirment qu'il vit comme un clodo, d'autres qu'il est un milliardaire introduit auprès des plus hautes sphères gouvernementales. On le dit aussi assigné à résidence, alors ?

Il y a deux ans, à Oran, Cheb Khaled roulait ivre mort avec une pute dans une voiture volée. Ils sortaient d'une bagarre, ils étaient fous, ils ont écrasé un type. Les flics l'ont coincé : Khaled n'avait même pas le permis. Ce qui est sûr, c'est qu'il est resté des mois en taule. Il n'aime pas trop en parler, et surtout pas aux journalistes, du moins les rares qui ont réussi à l'agripper.

Khaled l'insaisissable. Même ses musiciens l'attendent des heures à un rendez-vous qu'il a fixé lui-même. Quand il doit jouer dans un mariage de riches, ceux-ci ne préviennent pas leurs amis, de peur qu'il ne vienne pas ou que l'annonce de sa présence rameute toute la ville. Et puis personne ne sait vraiment où il habite. Le bruit court qu'il a dans chaque ville une dizaine d'adresses qu'il choisit suivant ses humeurs ou les circonstances, quand il ne finit pas la nuit chez une fille ou écroulé au fond d'un bar.

Je suis depuis quatre jours en Algérie et ma curiosité tourne vite à l'obsession. Pour le dénicher, j'élabore une stratégie : puisque je n'ai aucune chance, je ne bouge pas.

Le surlendemain, au cours d'un dîner sur les hauteurs d'Alger, un jeune musicien de film me lâche :

— Tiens, au fait, j'ai vu Cheb Khaled par hasard cet après-midi. Il sait que tu le cherches, il sera demain à quatorze heures sur les grands escaliers du boulevard Mohammed-V.

J'y étais bien avant ; j'ai attendu. À deux heures, bien sûr, personne.

Le sourire aux lèvres, le regard d'un enfant curieux, Cheb Khaled se pointe vers cinq heures, décontracté. Il me salue chaleureusement et me présente une fille, une fausse blonde vulgaire et sympathique, en lui pinçant le cul quand elle me serre la main. Ils pouffent de rire. L'éditeur de Khaled nous rejoint : c'est lui qui l'a tiré du lit, il y a une heure, dans sa chambre du Mazafran, le plus luxueux hôtel de Zeralda-Plage.

Je traîne avec Khaled dans les rues grouillantes de Bab el-Oued, le quartier populaire d'Alger. Seuls les gamins le reconnaissent : « Pas possible, pas possible ! », mais ils n'osent pas lui adresser la parole et me questionnent :

— Où tu l'as trouvé ?

Rien à boire en ville, l'éditeur nous conduit en BMW chez un ami. Dans la bagnole, on écoute ses dernières cassettes. Le Cheb se confie :

— Tu vois, les autres, ils sont pas bons comme moi, parce qu'ils écoutent pas leur musique. Moi, j'aime bien Khaled (il parle de lui-même à la troisième personne), et j'écoute Khaled toute la journée. Ou alors j'écoute Julio, *mais Julio* [Iglesias] *il chante que la femme alors que, moi, je chante l'alcool, ou les malheurs, ou la femme.*

— Khaled, on m'a dit que tu étais un voyou.

Son visage s'illumine.

— Naan, c'est les autres qui disent ça !

Cheb Khaled, vingt-quatre ans, dix ans de raï. Il n'a jamais rien fait d'autre. En 1984, malgré la censure, il a vendu entre cinq cent et huit cent mille cassettes, un chiffre imprécis à cause du piratage que pratiquent même les plus gros éditeurs. Personne n'a jamais réussi à lui faire signer un contrat d'exclusivité, et il change d'éditeur suivant ses humeurs.

Khaled a « une affaire à régler dans la soirée », mais il me fait promettre de venir le voir, la semaine prochaine, à Oran, sa ville, et me donne l'adresse de ses parents.

C'est son père ce jour-là qui m'ouvre la porte :

— Khaled va passer, il n'a plus rien de propre à se mettre.

Au fond de la pièce, deux petites vieilles assises par terre sanglotent doucement.

— Ce sont des cousines, elles ont entendu la rumeur…

— Quelle rumeur ?

— Khaled est mort il y a trois jours, m'annonce son père. J'ai l'habitude, des bruits comme ça il y en a tout le temps. Mais j'espère qu'il ne va pas tarder, parce qu'elles ne partiront pas avant de l'avoir vu.

Khaled arrive à l'heure du thé ; cette histoire l'amuse beaucoup :

— Quand on dit toujours de quelqu'un qu'il va mourir, c'est qu'il ne mourra jamais !

Il rassure les aïeules quand deux coups de Klaxon se font entendre :

— C'est mon chauffeur, faut y aller.

Un taxi nous attend en bas. Khaled serre la main du chauffeur et se rallume un vieux bout de cigare :

— On va chez moi, mais j'ai d'abord une course à faire.

On s'arrête devant une épicerie qui arbore en vitrine quelques versets du Coran. Khaled saute de la 504 pour aller parlementer avec l'épicier. Il revient à la voiture les bras chargés de bouteilles de vin algérien. Nous repartons pour Haï-Sader-Kia, une cité flambant neuve réservée aux cadres et aux coopérants étrangers. Khaled y habite depuis trois mois le grand F3 qu'un notable lui a offert.

— Si je te dis son nom, je suis à la rue !

Une grande brune nous accueille avec un sourire superbe. Khaled semble très fier :

— C'est une copine. Elle est belle, non ? Toutes les filles veulent lui faire la peau, mais elle est bien trop maligne…

La copine nous installe au salon et me présente ses potes, deux musiciens, un capitaine de police (armé), des commerçants qui écoutent et réécoutent Cheb Khaled 1985 *en matant une vidéo.*

Lila, une Algéroise de dix-neuf ans, picole dans son coin. Son mari les a plaqués, elle et son bébé, pour épouser sans prévenir une deuxième femme, comme l'autorise le droit musulman. Elle me tend une Craven :

— Je bois et je fume seulement depuis deux mois, mais je l'aurai...

— Le cancer ?

— Mon mari.

Khaled a préparé des boulettes de viande aux courgettes, un délice qui se bouffe avec les doigts. Il est déchaîné et boit autant que nous tous réunis, cul sec, dans un verre à thé, en distillant son répertoire de blagues cochonnes. La cour applaudit, une cour dont il serait à la fois le roi et le fou du roi. De temps en temps il siffle doucement, en aspirant. Une fille arrive aussitôt avec un sourire docile. Café !

Quatre heures du mat'. Je m'écroule. Khaled me sermonne :

— Faut que tu te couches tôt, demain je t'emmène dans un mariage...

Boutleilis, un bled paumé à une heure d'Oran construit autour d'une coopérative agricole. Le mariage a lieu dans la bergerie où les musiciens ont déjà tout installé sur la charrette qui fait office de scène. À notre arrivée, Zenata, le guitariste, engueule Khaled en désignant le public :

— Regarde-les, ça fait deux heures qu'ils attendent !

Cent cinquante types, jeunes et vieux, enturbannés ou non, plutôt pauvres, sont sagement assis sur des bancs, des chaises en fer, ou à même le sol.

Les campagnards respectent les traditions : ils ont parqué les femmes à cent mètres de là, dans une bicoque où elles ont leur propre fête. Dans une chambre, les mariés se rencontrent pour la première fois ; l'époux rejoindra peut-être les autres vers minuit, mais elle ne devra pas sortir jusqu'au matin.

Sur la scène, Zenata branche sa guitare pendant que Moktar et Mohammed chauffent leurs percussions. Khaled court à la voiture « chercher des munitions », bière, vin et whisky, qu'il dépose au pied de ses synthés. La fête peut commencer. Il attaque avec deux instrumentaux diaboliques. « Pour me chauffer la voix. »

Dieb s'enthousiasme :

— Ils seraient moins impressionnés par une apparition du Prophète !

Dieb, c'est l'animateur. Dès la fin du morceau, il attrape un micro et harangue les invités qui lui tendent déjà des billets de cent dinars. Dieb brandit le fric, le salaire des musiciens. « Fi khatrek (à la santé de) Habib, fi khatrek Nourredine, fi khatrek Bachir Tahar et toute la famille sans oublier Djamel, et fi khatrek Cheb Khaled ! »

Khaled enchaîne sur El-Mersem, un de ses vieux tubes. Dieb danse seul au milieu de la piste, en regardant les mecs droit dans les yeux. Ça marche : cinq ou six types se fraient un passage jusqu'à lui. Khaled rayonne. Son guitariste lui coince entre les dents un verre de vin qu'il engloutit sans lever les mains de ses synthés. Après chaque titre, Dieb réempoigne le micro, et les billets s'amoncellent sur le plateau de *cuivre posé sur la scène. Les hommes s'invitent à danser les uns les autres et la piste est maintenant bondée.*

Khaled tient son public en haleine pendant un quart d'heure avec seulement quatre notes de synthé, sans chanter une seule fois.

Break ! Il revient aussitôt à la charge avec une impro :

Elle est sortie de chez elle,
Elle m'a vu passer sur la route,
Et elle a oublié sa maison.
Maintenant, son mari est un homme mort !

Le marié qui venait d'arriver retourne vite à ses obligations. Khaled l'avait repéré :

— Quand je chante, je contrôle tout.

Les spectateurs sont comme envoûtés ; en arabe, on appelle ça « el-Hal », cette transe que provoque le raï.

Bang ! Bang ! Bang ! Trois mecs armés de fusils déboulent dans la mêlée et tirent en l'air. Ils rechargent leurs flingues pour aller danser au milieu des autres. C'est la fantasia, une vieille coutume ramenée par les guerriers turcs au XVIIIe siècle.

Quelques jeunes, assis par terre, écroulés les uns sur les autres, n'ont pas bougé depuis le début de la soirée. Jamais vu ça en Algérie ; ils se roulent joint sur joint en rigolant.

— C'est de l'opium ! me crie l'un d'eux. Il vient parfois du Maroc, mais celui d'Algérie est bien meilleur parce qu'il pousse sauvage, et puis c'est gratuit !

Un vieillard bien allumé leur montre qu'il a lui aussi ses provisions, mais il flippe en voyant les bouteilles de Sidi-Brahim qui circulent :

— Péché, a dit le Prophète.

Le jour se lève doucement, les danseurs se fatiguent peu à peu. Khaled a dû boire une caisse de vin et un litre de scotch, mais il n'est pas saoul : c'est lui qui conduira la voiture jusqu'à Oran.

— Ce mariage, je l'ai fait gratuit parce qu'ils sont pauvres ; mais il y a quand même eu huit mille dinars dans le plateau[1]*. Chez les riches, je demande au moins trois millions*[2]*, en plus des dons.*

— Tu demandes combien, pour enregistrer une cassette ?

— La même chose, trois millions.

— Les droits d'auteur te rapportent beaucoup ?

— Rien du tout, c'est tout pour l'éditeur... De toute façon, même si je devais chanter pour moins que rien, je continuerais, parce que je ne sais rien faire d'autre.

— Tu as toujours voulu chanter ?

— Quand j'étais à l'école, à Oran, j'ai redoublé la cinquième. J'ai travaillé, mais j'ai eu une maladie des oreilles : quinze jours à la maison. Après, au lieu de reprendre, je me suis encore offert quinze jours, parce que le dehors me plaisait. Et puis j'étais trop petit pour comprendre. On m'a mis à la porte. C'est alors que j'ai monté mon premier groupe, je jouais du banjo ! On a donné une représentation à l'école professionnelle d'Oran pour les enfants de moudja-

1. Environ seize mille francs.
2. Soixante mille francs.

hidin. Ça leur a plu. Le directeur de l'école, qui m'avait pris en sympathie, m'a proposé d'apprendre la dactylo arabe. Je lui ai dit : « Vu ! » Finalement, j'ai pas pu tenir. Qu'est-ce que tu veux, mon frère, j'étouffais !

— C'était déjà du raï ?

— Naan, le raï, c'est venu un peu après. Je sais pas d'où c'est parti, mais c'est parti comme une épidémie. Il y en a un qui a commencé, et tout le monde a été contaminé.

— Tu travailles beaucoup les textes ?

Khaled écarquille les yeux. Il ne comprend pas ma question. Évidemment. Dans le raï, aucune parole n'est écrite à l'avance. Le chanteur se pointe devant le micro et raconte ce qui lui passe par la tête. Quand il arrive en bout de course, il chante plusieurs fois la même phrase, ou répète les mots magiques : « Ya raï, ya raï ! »

Le raï n'est pas né d'aujourd'hui.

Au XIXe siècle, c'était la musique des bédouins qui déclamaient des textes antiques, sacrés ou poétiques. Mais la colonisation française a précipité les choses. Et, surtout, elle a apporté l'alcool.

Au fil des ans, l'orchestration, à l'origine très pauvre (une flûte, deux tambourins), se diversifie pour faire place à une harmonisation complexe, et à une richesse rythmique considérable. Et quand on se met à mélanger les instruments classiques (le loud, la derbouka) aux guitares, à la batterie ou à l'orgue électronique, le vieux chant bédouin devient musique de danse : le « moderne oranais ».

1979 : l'éclatement. Les jeunes Oranais nés après l'indépendance découvrent Enrico Macias et Boney M. sur France-Inter. La plupart ne comprennent pas les paroles françaises et anglaises, mais ils craquent pour ce nouveau rythme.

Ils mixent raï et disco et déballent ce qu'ils ont sur le cœur en chantant par-dessus un mélange d'arabe dialectal et d'argot oranais. Ils baptisent ça le « pop-raï », et s'affublent aussitôt du titre de Cheb et de Chebate.

Cheb, ça veut dire jeune ; une façon de faire la nique aux chanteurs traditionnels, les cheikhs, les vieux, qui ronronnent depuis trop longtemps.

— Moi, au début, se souvient Cheb Khaled, je voulais jouer à la RTA (Radio-télévision algérienne). Je me suis pointé à Oran aux élections pour « Alhan oua Chabab », la grande émission de télé. Comme je n'étais pas prévu, j'ai dû improviser un récital aux pompiers pour qu'ils me laissent entrer avec mon accordéon. Ils m'ont laissé passer et j'ai couru au studio. J'ai fait la chaîne une heure, et quand mon tour est enfin arrivé, le responsable m'a dit : « Décampe ! »

Il sourit :

— Quand je regardais la télé, je me disais : vas-y, Khaled, c'est là qu'est l'avenir de l'art. Tu parles ! Quand ils m'ont brûlé, je suis rentré dans le raï !

Brûlé ? Je pense à Cheba Fadela qui avait fait scandale quand elle a déboulé en 1980 avec ses histoires de cul.

Les familles algériennes ont tremblé : Fadela boit, Fadela se drogue, Fadela couche avec tout le monde, elle a eu une histoire qui a duré deux mois avec untel, Fadela participe à des orgies. Et elle le raconte dans des cassettes qui se vendent à cent mille exemplaires ! Mais Fadela n'a plus rien sorti depuis deux ans, et les rumeurs vont bon train. Je demande à Khaled s'il sait ce qu'elle est devenue :

— Bien sûr, Fadela, c'est mon amie. Elle s'est mariée comme il faut, avec les papiers et tout, avec Cheb Sahraoui, un autre chanteur de raï, l'année dernière. Sahraoui lui a interdit de continuer le raï, sûrement parce qu'il ne voulait plus que tout le quartier sache où elle a passé la nuit…

— Elle a accepté ?

— Bien sûr, obligé. De toute façon, elle peut plus parce qu'il lui a fait un gosse.

— Tu pourrais me la présenter ?

— Même pour toi, je peux pas. Sahraoui est parti pour quelques jours, mais s'il sait que tu lui as parlé, il te retrouve et il te tue.

Il me donne quand même l'adresse.

— Mais n'y va pas de ma part.

Le lendemain, la gorge serrée, je frappe à la porte de sa chambre d'hôtel, à Zeralda. Une voix calme me répond :

— Oui ?

— C'est Fadela ?

— Oui, c'est moi. Chkoune ? [Qui est là ?]

Je me présente.

— Il n'y a personne ici.

Impossible de trouver quelqu'un qui accepte de me traduire mot à mot ce que raconte le raï. Les filles rougissent de honte, les mecs, soudain évasifs, refusent en prétextant que les paroles sont trop vulgaires, pas vraiment obscènes, mais directes.

— Il y a trop de détails, c'est pas assez poétique.

C'est Amine, un immigré revenu de Lille pour les vacances, qui se fait mon interprète. Nous écoutons

Cheba Fadela chanter Arouah ettbet, *c'est-à-dire « Viens te coucher ».*

Je sais tout ce qu'on t'a fait,
Je sais que tu as beaucoup souffert,
Mais maintenant, c'est fini, tu es avec moi.
Viens te coucher, oublie tout,
Je suis à toi pour la vie entière,
Tout ce qu'on t'a fait, tu vas me le faire,
Je vais tout partager avec toi,
Demande-moi ce que tu veux, j'accepterai tout de toi.

Le raï a toujours été une complainte. Dans chaque histoire, les personnages apparaissent comme des compagnons d'infortune, tous plongés dans le même pétrin de mélancolie, de tristesse et d'espoirs vains.

Amine me raconte une émotion grave. Ya loulid, *l'un des plus gros succès de Cheb Khaled, l'histoire d'un orphelin qui apostrophe le roi avec rage :*

Ô roi, toi qui pourtant as tout,
Tu n'es rien,
Parce que tu ne pourras jamais me redonner ma mère…

Paradoxalement, aucun thème politique n'est jamais abordé dans le raï, et ce n'est en aucun cas le fait d'une censure.

L'Algérien, qui ne s'est pas encore complètement remis du départ des Français, ne conteste pas le pouvoir politique, voire les décisions prises. Il regrette simplement que le système ne fonctionne que par à-coups, ou à demi-vapeur. Et il a surtout appris, à son niveau, à contourner les difficultés de l'existence grâce à l'art de la combine et des relations.

Seize heures, rue Didouche-Mourad, l'artère principale d'Alger. La police disperse une chaîne (une queue dans le parler local), qui bloque tout le trottoir. Je m'approche. Non, ce n'est pas un nouvel arrivage d'importations dans un magasin, mais un cinéma qui projette un film français où l'actrice dévoile deux ou trois fois ses seins, miraculeusement épargnés par la censure...

Même chez les jeunes étudiants des cités, relativement occidentalisés, le malaise est aigu. Les mecs pestent vertement contre leurs copines qui ne veulent pas coucher avant le mariage. Mais eux aussi surveillent leur sœur, et ne veulent épouser qu'une vierge ! En attendant, ils se défoulent avec les putes (clandestines) et la danse, et le raï qui mélange tout ça.

Le raï s'est incrusté partout, même dans les rares mariages mixtes. C'est d'ailleurs le seul endroit où il est toléré par la communauté entière. En général, on l'écoute en groupes restreints, entre filles, entre garçons, entre collègues. Jamais en famille.

J'ai habité une semaine chez les Bachir, une famille algéroise. Lui est brancardier dans un hôpital de la ville, elle est aide-soignante ; il leur reste un enfant à charge qui termine à vingt-quatre ans ses études d'architecture.

Dans la journée, la mère et sa nièce venue d'Oran pour quelques jours se passent des cassettes de raï à plein tube, le magnéto-stéréo posé sur la table du salon. Lorsque j'arrive, elles trimbalent l'appareil dans la chambre des parents, mais laissent quand même la porte ouverte ; elles savent que je ne comprends pas l'arabe. Puis elles s'assoient sur le lit pour écouter en dodelinant de la tête.

Mme Bachir vient d'Oran. Elle me parle avec ferveur du raï, la musique de son enfance :

— J'ai toujours aimé ça, et puis quand c'est devenu un peu trop vulgaire, j'écoutais plus les paroles ; de toute façon, c'est aussi fait pour danser. C'est pour ça que même les enfants adorent le raï.

18 h 30. M. Bachir revient du travail.

Extinction soudaine des feux ; les deux femmes rangent rapidement toutes les cassettes dans ma chambre. À table, devant son mari et son fils, Mme Bachir m'explique qu'elle n'aime pas le raï, « une musique de voyous et de mercantis qui passent leur vie à boire ».

Les autorités non plus n'aiment pas le raï. Cela se comprend. Après la guerre d'Indépendance, il a fallu jeter les bases d'une nation algérienne. Décréter l'Islam comme pilier de la république socialiste était le moyen de s'affirmer face à la morsure de cent trente ans de colonialisme, et d'y puiser une identité culturelle que le Français avait confiné au rang de folklore.

Aujourd'hui encore, l'engagement religieux est tenu comme obligation sociale. Le gouvernement se félicite de la poussée récente de l'intégrisme, même s'il a très sévèrement condamné les excès des Frères Musulmans, ces fanatiques qui avaient saccagé des mariages où l'on chantait du raï.

Les propos du ministre des Affaires religieuses lui-même, M. Chibane, à la veille du ramadan de 1981, sont éloquents : « Quiconque nie le caractère obligatoire du jeûne est passible de mort en tant qu'apostat. Son corps ne sera ni lavé, ni enveloppé dans un linceul, ni enterré dans le cimetière des musulmans... »

Dans les faits, le pouvoir préfère ne rien interdire officiellement. Ce serait suicidaire, étant donné la popularité phénoménale du raï, qui ne ferait qu'accroître. Alors on essaie des méthodes plus discrètes, voire sournoises.

Cheb Khaled, le premier, s'est vu proposer quelques avantages en nature pour modifier son répertoire.

— Ils disaient que c'est sale ce que je chante. Mais moi, Khaled, je leur ai répondu que je chante l'amour, et que l'amour, c'est propre !

Les chanteurs ne cèdent pas. Mieux vaut traiter avec les éditeurs.

J'ai une adresse à Oran : les Éditions Sonia, 47, rue de Mostaganem. La sœur du patron m'indique que tout a été déménagé depuis longtemps. Méfiante, elle préfère m'envoyer son neveu comme guide que de me refiler l'adresse.

Après un parcours étrangement tortueux dans les rues du centre, nous pénétrons dans une discothèque, c'est-à-dire un magasin de cassettes. L'endroit rappelle une mercerie, avec son comptoir en « U » et ses murs aux étagères bondées. Chaque éditeur possède sa discothèque, ce qui lui permet de diffuser ses productions sans délai et sans intermédiaire.

Voilà Akim, le boss, un costaud de trente-cinq balais au sourire malin. Il m'offre à boire et tire un tabouret derrière la caisse. Je remarque la machine à dupliquer planquée sous des rayonnages. On fabrique souvent la cassette que demande un client en faisant mine de la chercher.

Ravi de parler à un Français, Akim profite du boucan pour m'exposer la situation, mais il change de sujet quand un flic vient faire ses courses. On attend qu'il se tire pour aller visiter le studio. Il est juste sous nos pieds, mais Akim fait le tour du pâté de maisons pour ouvrir une trappe dans une cour intérieure. « C'est plus discret. » Un escalier à pic débouche sur d'anciens entrepôts souterrains laissés par les Français.

Le studio de prise de son est au fond. Arsenal ordinaire : quelques micros, une batterie (sans cymbales), un synthé bas de gamme, mais aussi une télé couleur et un matelas aux taches suspectes. Akim surprend mon regard :

— C'était pour le ramadan, on regardait la télé, va pas croire que…

Il me pousse vers la cabine.

— Console seize pistes, effets spéciaux, magnétophone huit pistes, etc.

— Les musiciens assistent au mixage ?

— Euh, en fait, ici, on fait tout en direct sur deux pistes. Ça va plus vite et c'est aussi bien. Il suffit de placer les micros, de faire une balance, et de plus toucher à rien…

— Et la grosse pendule ?

— Ça, c'est le chrono pour couper les morceaux.

Un enregistrement de raï relève de la performance. Les musicos arrivent ensemble avec leur matos, leurs copines, leurs copains, les copines des copains et en général trois heures de retard. On se grouille pour installer hommes, femmes et matériel, et c'est parti pour une heure.

Quelques thèmes musicaux ont été préparés ; reste à négocier les transitions. Le chanteur improvise totalement, attaque parfois un vieux tube qu'il connaît par cœur, ou s'arrête pour réfléchir et reprendre son souffle. Il discute de temps en temps avec ses potes dans le fond du studio, et comme on ne touche plus aux réglages en cours de route, chacun peut suivre les débats en écoutant bien la cassette !

Quand il va boire un coup en cabine, histoire d'entendre le résultat, les gratteux en profitent pour se raccorder sans faire trop de dégâts...

Stop ! La bande est terminée, on rembobine.

Entrée en lice du chrono. Akim me précise :

— On prend quatre fois six minutes et deux fois sept minutes. Ça fait environ vingt minutes par face, c'est ce qu'il faut.

L'ingénieur du son taille carrément dans le paquet ; il n'y a pas de début, il n'y a pas de fin. En général les morceaux sont shuntés, mais il arrive que tout s'arrête net ou démarre au milieu d'une phrase ; c'est aussi le genre de pépin qui se produit à force de duplications.

De cette bande calibrée est tiré un « master-K7 » qui passera illico sur les bancs de recopie. Reste à imprimer la jaquette, et la vente peut commencer dans les trois jours.

— Les titres durent à peine une saison, des fois un mois, alors il faut mettre le paquet, et toujours sortir des nouveaux trucs.

— Ça se vend bien ?

— Avec mon dernier Khaled, j'ai vendu cent trente mille cassettes, mais en général c'est moitié moins.

Une jeune fille en blouse blanche s'active devant une défileuse.

— Elle remplit les boîtiers de cassettes avec de la bande vierge. Mais ça risque de plus durer longtemps parce que le monopole d'importation vient de bloquer l'arrivage des boîtiers vides.

— C'est une sanction ?

— Bien sûr. Parce que les éditeurs qui ne font pas le raï ne sont pas touchés. Mais si ça doit durer longtemps, on achètera à prix de gros des cassettes d'Égyptienne, ou de Chaabi, ou de n'importe quoi, et on s'en servira pour le raï.

— Vous avez des problèmes avec la police ?

— Euh, oui, quelques-uns.

— Lesquels ?

Akim refuse d'en dire plus. Il me laisse entendre qu'il est en situation délicate, et qu'il n'aimerait pas mettre la clef sous la porte.

*Débarque soudain un drôle de quinquagénaire, jovial, volubile, qui me salue en chantonnant, mais qui refuse de se présenter. C'est un éditeur oranais, un pote d'Akim, qui le décide vite à me raconter ses démêlés avec l'*ONDA.

*L'*ONDA *est l'équivalent de la* SACEM *en France : un organisme qui gère les droits d'auteur. À la différence qu'en Algérie l'éditeur paye les taxes, mais l'artiste ne touche pas de royalties.*

*Depuis quelques mois, notre bonhomme vendait une proportion non négligeable de cassettes sans y coller le timbre de l'*ONDA*, donc sans payer la taxe. Le fisc lui met aujourd'hui le couteau sous la gorge : huit millions de dinars, l'équivalent de quinze millions de francs, à raquer dans les quarante jours, et en liquide. Les autorités savent qu'elles peuvent taper sur les producteurs, à qui beaucoup reprochent leur esprit mercantile.*

Je refais le calcul, incrédule.

— Ça fait un milliard et demi de centimes. Vous allez payer ?

— Bah, dans ce pays, c'est pas l'argent qui manque. Le problème, c'est de savoir comment le dépenser.

Ce constat, je l'ai entendu cent fois. Je me rappelle ce chauffeur de taxi d'Oran qui m'avait brinquebalé dans sa vieille 404 à la carrosserie en gruyère :

— 1961, c'est pas une mauvaise année pour les 404. Celle-là, je vais la vendre au moins dix millions[1] *pour m'acheter une 504 neuve en France.*

— C'est cher ?

— Douze millions avec le bateau.

L'Algérie est certainement l'un des rares pays où l'occasion coûte plus cher que le neuf. Simplement parce que les importations sont strictement réglementées et que les consommateurs se ruent sur ce qui est immédiatement disponible.

On pourrait citer mille autres exemples d'anomalies dans le système. Depuis longtemps déjà, l'économie algérienne vit en état d'urgence permanent, et les discours officiels font grand cas de « priorités » dont la culture ne fait évidemment pas partie.

La production littéraire et cinématographique est rachitique, morne, à quelques rares exceptions près. Théâtre, peinture, sculpture, photo, vidéo sont inexistants ou ignorés. La musique est en réalité la seule véritable culture du peuple algérien. Branchez

---

1. Soit vingt millions de centimes (deux cent mille francs).

n'importe qui dans un café, il est sur le sujet d'une érudition inouïe.

Pas difficile d'imaginer les ravages que peut faire le raï. La seule musique cent pour cent algérienne depuis l'indépendance est aussi la seule à ne pas puiser dans les textes classiques.

Le « star-system » n'existe pas, et le pouvoir en profite pour présenter les chanteurs de pop-raï comme des marginaux. À Oran, on les appelle les m'rifisyne (les gens du refus), sans préciser s'ils ont refusé, ou s'ils l'ont été.

Et le public ne s'identifie pas encore aux artistes de raï. Prenez Ahmed, dix-sept ans : il a quitté l'école à quatorze ans, soit deux ans avant la limite légale. Plus de soixante pour cent des quelque vingt-trois millions d'Algériens ont moins de vingt-deux ans (l'âge de l'indépendance nationale). Les écoles sont surchargées. Faute de place, les intercours se passent dans la rue et la tentation est forte de quitter à jamais les salles de classe bondées. Chaque année, quatre cent mille élèves sont ainsi rejetés du système scolaire.

Ahmed travaille sans forcer comme coursier pour huit cents dinars par mois. Il attend toute la semaine le vendredi, seul jour chômé. Et surtout la fièvre du samedi soir !

Je l'accompagne boulevard du Front-de-Mer, à Oran. La nuit tombe. Une quinzaine de mecs dansent sur du raï, extatiques, autour d'un vieux radiocassette Panasonic archisaturé.

Ahmed ne danse plus. Appuyé sur le parapet, les yeux noyés dans le scintillement de la rade, il reste suspendu corps et âme à la voix de Cheb Khaled, qui chante un amour perdu.

Ahmed soupire :

— Tu vois, moi, ça fait deux ans que j'ai pas niqué une fille. La seule fois, c'était une cousine immigrée qui revenait de France.

— Les filles d'ici ne veulent jamais ?

— Si, si, elles veulent bien. Mais après, elles veulent se marier... Moi, je veux d'abord avoir un appartement et une voiture, mais c'est impossible. Ici, il y a en moyenne un logement pour sept personnes. Alors si tu as pas d'enfant, tu restes chez les parents, même si tu es marié. Dans le Moudjahid, *ils disent qu'on construit des logements partout, mais chez moi y a de plus en plus de monde.*

Quelqu'un retourne la cassette.

— En attendant, j'écoute le raï.

— Tu n'écoutes que ça ?

— Oui, j'aime que ça. L'argent que je donne pas à mon père, je le garde pour acheter les cassettes.

— Tu aimerais vivre comme les chanteurs de raï ?

— Non, parce que ce ne sont pas des vrais Algériens.

— Comment ils sont, les vrais Algériens ?

— Trop vieux.

L'Algérie est un pays jeune, déclare-t-on partout. Et qui surveille trop ses enfants, corrigent certains.

— Je suis obligé de rester à la maison, m'avait dit Khaled ; ils m'ont retiré mon passeport. Ça fait trois ans que je veux voir la France, mais ils ont peur.

— Peur de quoi ?

— Peur que je gagne de l'argent, ou que je ne revienne pas. Mais je suis Algérien, et je veux vivre ici. Et puis, j'aimerais chanter à Paris, et à Marseille. J'ai vu des responsables et il y a un espoir pour la fin de l'année.

— *Tu crois que ça va marcher, cette fois ?*
— *Inch Allah.*

Une bombe atomique, cet article…
En France, les journalistes peuvent pratiquement écrire ce qu'ils veulent. En Algérie, la censure est totale. *Actuel* et Vandel me mettaient dans la merde. Une merde noire. Mes parents ont pleuré en lisant l'article. Ils avaient honte. Ils avaient peur pour moi. Peur de la prison. Peur que l'on me retrouve égorgé ou avec une balle dans la tête. La terre s'ouvrait sous mes pieds…
Putain d'article !
Pourtant, j'avais été prévenu…

Donc, en janvier 1986, j'arrive à *Actuel*. Un immeuble de six étages. L'ascenseur dessert les quatre premiers. Pour accéder aux étages supérieurs, il faut une clef. Je mets un tel boxon que des mecs me font monter. Ils flippent gravement. J'apprendrai plus tard que l'un d'entre eux — Gonzales Mata, un journaliste agent secret — est armé. Jean-François Bizot me reçoit.
Cool, il calme le jeu. Pendant ce temps, Vandel, présent dans les locaux, en profite pour s'enfuir. Bizot est correct :
— Je sais que tu en veux à Philippe. Mais il a fait son travail. C'est un de mes meilleurs reporters. Tu sais, nous faisons un journalisme marginal. Nous racontons tout. Écoute, je te promets un droit de réponse si tu estimes que nous avons publié des mensonges.
Correct. Honnête.

L'histoire ne s'arrête pas là…

Quelques mois plus tard, Vandel vient me voir dans une fête où je chante. Il tient à s'expliquer. Ce mec a des couilles.

— Tu es venu chez les Arabes, je lui dis, tu es un homme mort !

Tous mes potes voulaient le frapper. Finalement, nous avons bu des coups au lieu d'en donner. Avec son article sur le raï, il avait décroché un engagement à *Actuel*. Il m'avait mis dans la merde, mais c'est grâce à lui que j'ai été connu en France. Vandel reste le premier journaliste à avoir publié un grand reportage sur le raï et sur Khaled le rebelle.

En janvier 1986, un peu avant le festival du raï de Bobigny, *Actuel* m'a consacré un nouvel article titré « Fantastique », écrit par Jean-Pierre Lentin. Vandel voulait revenir en Algérie pour m'interviewer, mais il savait que s'il se pointait au pays il se ferait descendre…

Plus tard j'ai revu Philippe Vandel, lors de mon premier « Nulle part ailleurs », et nous sommes devenus potes. Mon dieu, cet *Actuel*, je m'en souviens encore ; j'avais la couverture et plusieurs pages du « Guide de l'été ». Je me souviens même avoir offert un petit éléphant en bois à Vandel. C'était pendant le Zénith. Je lui ai dit :

— Tu vois cet éléphant ? C'est le symbole de la paix !

*
* *

Quelques semaines après Bobigny, je suis rentré en Algérie. J'ai fait mon « rapport » au colonel Hosni Senouci. Il m'a dit :

— Khaled, tout s'est très bien passé. J'ai discuté avec Martin Meissonnier, nous allons te faire enregistrer un disque. Un vrai disque. Nous voulons que le raï déferle sur l'Europe. Tu vas retourner en France pour l'enregistrer. Mais ferme ta gueule ! Ne parle pas de la situation ici. Ne dis rien sur les militaires. Ne dis rien sur la censure. Fais-toi tout petit. Contente-toi de chanter. Ferme ta gueule !

Le message était clair…

C'est ainsi que *Kutche* a vu le jour.

Zap sur *Kutche*…

En route pour un album raï produit en digital et destiné à être diffusé à l'échelle internationale. Production : Riad El-Feth/Zone Music. Distribution : Charles Talar. Attachée de presse : Nicole Courtois-Higelin. Direction artistique : Martin Meissonnier. *Kutche* sera conçu avec l'aide du compositeur-jazzman algérien, Safy Boutella.

Kutche, Un album métissé de raï, de jazz, de pop et de musique marocaine.

Kutche ? Un nom qui vient du « coche » espagnol et qui signifie le coche ou la voiture. *Kutche* est également le titre de la deuxième chanson de l'album. À l'origine, *Kutche* est un succès de la star marocaine Mohamed Seif. Mais Seif s'était lui-même inspiré d'un très vieux texte des cheikhates. Adaptation qui sera à l'origine du « casablancais », le fameux « bidaoui », frère jumeau du raï. Le raï, encore et toujours…

Kutche ?

Nous l'avons enregistré en trois semaines entre Londres, Paris et Alger. Avec le recul, je réalise que Martin Meissonnier a été d'une importance capitale pour ma carrière.

Martin est un homme d'idées, un ethnologue new-wave qui abat un travail extraordinaire. Un artiste, un découvreur de talents, un « métisseur » de musiques. Mais Martin n'est pas quelqu'un de « commercial ». Meissonnier ? C'est un « emmerdeur » de génie qui ignore ce que le mot fatigue signifie. Il me faisait enregistrer neuf heures par jour. Mais je l'aime bien, ce mec. Il est unique. Irremplaçable. Ensemble, nous avons réalisé un boulot d'enfer.

Safy Boutella, lui, est un homme extrêmement cultivé et un jazzman extraordinaire. Au début, les choses se sont un peu compliquées parce que Boutella ne connaissait rien au raï ni à sa puissance. Un soir, pendant une conférence de presse, il a même demandé ironiquement :

— Le raï, qu'est-ce que c'est ? Deux notes perdues !

Puis, il m'a vu en concert à Annaba. Et il s'est excusé. Parce que nous, à Oran, quand nous chantons « Bordel de dieu, je t'aime ! », nous le gueulons avec une telle force que les gens sont obligés de nous aimer…

Kutche ?

Le fruit du travail entre un producteur européen de pointe branché sur la World music, d'un jazzman de talent ayant étudié à Boston et d'un voyou du raï !

Kutche ?

Ma revanche sur l'ère des cassettes pirates et des producteurs oranais véreux. Sur ce disque, j'ai réactualisé de nombreux titres comme *Baroud*, *El-Léla*, *Minuit* ou *Cheba*.

Kutche ?

Un magistral doigt d'honneur aux vampires oranais, doublé d'un message : « Mon seul contrat, c'est avec Dieu que je l'ai signé ! »

Après le festival du raï de Bobigny, *Kutche* symbolisait mon deuxième ticket gagnant. Une seconde revanche sur le destin. Malgré tout, les galères de passeport et de sursis ont continué. Je jouais toujours au chat et à la souris avec les autorités militaires, les douaniers et les flics.

Et, un beau jour, comme dans la chanson, Marseille m'a pris dans ses bras.

Marseille…

Les vagues s'écrasent sur les rochers…
Je tiens ma rage dans ma gorge…
Je jette mes tripes dans la musique.

Marseille. Ma ville d'adoption !

Je zappe sur Marseille…

Grâce à cette ville, je suis resté en France. Mon ami le journaliste Gilles Millet qui, à l'époque, travaillait à *Libération*, m'a toujours décrit Marseille comme une ville cosmopolite, ouverte aux étrangers.

D'abord, son architecture me rappelle Oran. Et puis ce sont deux ports. À Marseille, il y a Notre-Dame-de-la-Garde. À Oran, nous avons Santa-Cruz. Avec son climat méditerranéen, Marseille est un lieu unique. Un mélange entre Orient et Occident. Une ouverture sur l'Afrique et l'Asie.

Marseille...

Il me suffit de fermer les yeux, de sentir les odeurs exotiques des marchés, de la rue, et le rêve est de retour. Marseille m'a enlevé un peu de la nostalgie du bled. Pourtant, les jours de blues, j'imaginais une autoroute géante jetée sur la mer. Un long ruban d'asphalte qui relierait la Canebière à Oran. Marseille, c'était chez moi... en France. J'y avais mon public avant même d'arriver. Comme Oran, Marseille m'a rendu accro à toutes les ivresses de la vie...

Même si tout a très mal commencé !

Le premier jour où je suis arrivé à Marseille, j'ai pris une chambre à l'hôtel Sélect, juste à côté du cabaret des Mille et une Nuits, lieu magique et enchanteur de mes futurs concerts.

Je frimais, roulant en Peugeot 205 GTI décapotable. J'avais des costards de folie. Des bijoux partout : chaînes, bracelets, bagues et ma fameuse boucle d'oreille en forme de main de fatma. Depuis j'ai fait plus léger dans la bimbeloterie or et diamants.

Je monte dans ma chambre avec une valise de fringues. Une mallette contenant toutes mes économies : cent mille francs en billets. Et mon passeport. Je descends prendre un verre au bar Le Lutécia qui va devenir mon quartier général. Quand je remonte, quelques heures plus tard, je m'aperçois qu'on a cambriolé ma piaule. Plus de vêtements, plus de passeport ! Et mes dix briques se sont envolées !

À poil.

Plus rien !

Le sauveur s'appelle Djamel. Originaire de l'est algérien, Djamel possède un restaurant et sait se faire respecter dans tous les milieux. Il m'a dit :

— Tu croyais débarquer au paradis et tu viens de découvrir un nouveau Chicago. Viens, nous allons essayer de retrouver tes papiers et tes dix bâtons.

On a cherché dans tout Marseille. Dans les quartiers nord, très dangereux. Dans la zone. On a remué ciel et terre. Quand il a su que Djamel et ses amis étaient à ses trousses, le voleur a préféré tout rendre : vêtements, passeport et même mes cent mille francs. Il ne manquait pas un seul centime.

Depuis ce jour mémorable, Djamel est devenu mon ami. Dans tous les coups durs, dans toutes les galères, il a toujours été présent au rendez-vous. Sans rien demander en échange. Il était là. C'est tout. Entre nous, c'est à la vie à la mort !

Marseille…

À l'époque Marseille était, avec Oran, la capitale mondiale du raï. Les plus grands chanteurs marocains, algériens, tunisiens, égyptiens sont passés par cette ville unique. Et ils l'ont tous aimée. Le raï, les gens venaient l'écouter dans des cabarets comme La Palmeraie et Le Shéhérazade, mais le plus mythique était sans conteste Les Mille et une Nuits.

Flash sur Les Mille et une Nuits…

Je me souviens de la petite porte en bois à deux battants donnant sur le boulevard d'Athènes, de l'enseigne avec l'étoile orientale et le croissant de lune. Le couloir débouche sur une grande salle à deux niveaux. La mezzanine est réservée aux intimes, aux célébrités de passage. Je revois tout : la salle du bas, ronde, avec des grosses colonnes ; des banquettes et des poufs partout ; au fond, une grande scène... Derrière, les coulisses. On peut y dîner, danser, écouter la meilleure musique maghrébine et orientale de la planète...

Le raï, bien sûr, avec Cheb Hasni, Sahraoui et Fadela, Benchenat, Abdel Hakhe. Mais aussi de la musique marocaine interprétée par des pointures comme Doukkali, Abdel Hadi Bel Khate, les chanteuses Hadja Hamdaouia et Malika Bedaouia. Je me souviens de Saliha, la chanteuse algérienne aveugle, du Tunisien Noreddin Khalaoui, de Mona Farid et Nadia Ibrahim, les danseuses du ventre égyptiennes.

Les Mille et une Nuits...

Le patron, un Irakien très costaud, s'appelle Joe. Sa femme Kariha est oranaise. C'est à mon ami, le musicien Houari Lopez, que je dois le privilège d'avoir chanté tous les jours pendant trois ans dans ce cabaret. Je dois beaucoup à Houari : il s'est occupé de rapatrier le corps de mon ami Koulou en Algérie après son tragique accident.

Houari Lopez. Et Dadi, mon ami d'enfance. Nous avons grandi ensemble dans le même quartier. Dadi, un joueur de luth extraordinaire.

Houari Lopez. Dadi... Et Adda, le percussionniste, un autre ami du bled. Ensemble, nous avons enflammé Les Mille et une Nuits. Je commençais à chanter vers 2 heures du matin avec mon titre fétiche, *Salou-Aāla-Nabi* (Faites la prière pour notre Prophète) et, dans la salle, les gens pleuraient. Les clients venaient de la France entière : Paris, Lyon, Lille. On réservait même de Belgique, d'Allemagne, d'Espagne…

Je chantais parfois pendant trois heures d'affilée. Après, au petit matin, nous allions faire la fête. À la fin des années quatre-vingt, Marseille vivait la nuit.

Marseille… Avec le temps, elle est devenue ma ville d'adoption.

Kheïra, la femme de Houari, m'avait trouvé un appartement rue Lulli, dans le premier arrondissement. C'était une époque d'insouciance avec des fiestas qui pouvaient se prolonger trois jours durant. C'était également une époque de fureur : bagarres, histoires avec les flics. J'avais recréé à Marseille les mêmes schémas qu'à Oran…

Khaled l'indomptable.

Le rebelle du raï !

Mes compagnons de virées ? Djamel, Houari, Adda, Dadi et Abdelkader…

Zap sur Kader.

À Oran, nous avons l'habitude de donner des surnoms. Des surnoms qui tuent. Par exemple, je me souviens d'un type qui passait son temps à voler des motos. Chaque fois qu'il en volait une, il avait invariablement un accident et se cassait un membre. Il s'est tout cassé : bras, jambes, poignets. Son sobriquet ? « El-Soudi ». Le soudé !

Kader, lui, c'est « Kader le boucher ». Parce que son oncle possédait une boucherie et que, plus tard, Kader a ouvert la sienne. Kader, un colosse jovial, doux comme un agneau, qui ne dormait jamais. La nuit, il faisait la fête avec nous. Le jour, il travaillait à la boucherie. Nous allions à Aubagne chez une amie qui possédait une villa avec piscine.

Marseille…

Des années de folie pure.

Octobre 1997. Je replonge dans la folie marseillaise. Pour son « Fréquence Star », Laurent Boyer a l'idée de me filmer sur les lieux de mes anciens « exploits ». La Canebière. La gare Saint-Charles… Les escaliers qui descendent vers le boulevard d'Athènes… Les gens me reconnaissent. Viennent me serrer la main. Les Mille et une Nuits sont fermées, mais l'enseigne est toujours là. Le Sélect a été refait à neuf. C'est devenu un hôtel respectable. Le Lutécia est resté le même : toujours le repaire de la bande du raï. Ils sont tous là : Kader le boucher, Djamel, Adda, Dadi, Houari et Djelloul, le joueur de bongo. À Oran, quand Djelloul n'était encore qu'un gamin, je le mettais debout sur une chaise et je lui apprenais à frapper en rythme.

Ils sont tous là, les vieux potes de l'épopée marseillaise.

Octobre 1997. Je replonge dans la folie marseillaise. Djamel nous invite, avec l'équipe de M6, à manger un couscous dans le restaurant de son frère, Chez Roxane. Roxane, en hommage à sa fille. La petite est là. À la fin du repas, elle nous fait la danse du ventre et tout le monde chante *Fais-moi du couscous chéri*.

La nuit ne fait que commencer…

Des quartiers nord, nous descendons vers le Vieux-Port et la rue Sainte-Catherine en direction des Dunes, le cabaret de Djamel. Les Dunes. Une petite scène. Accompagné par mes amis, je chante. Je chante en me rappelant le bon vieux temps.

Marseille…

Ma ville d'adoption. Comme le disent Djamel et Kader le boucher : « Khaled a mis le feu à Marseille. Nous ne pouvons pas tout raconter. Personne ne nous croirait. Mais pendant près de quatre ans, l'Éternel a flirté avec le point de non-retour ! »

Le point de non-retour…

Je faisais les quatre cents coups. Mes « fêtes » traversaient la Méditerranée pour arriver, amplifiées, à Oran. Là-bas, dans le bled, en Algérie, on racontait que je me droguais. Un jour, un type est venu voir mon père :

— Ton fils se pique. Il est accro à l'héroïne !

Du coup mon père a fait le voyage Oran-Marseille, et il m'a dit :

— Mon fils, montre-moi tes bras !

Je l'ai regardé dans les yeux en retroussant mes manches. Aucune trace de piqûre. Aucune croûte suspecte. Alors, Adda a pleuré. Il m'a pris dans ses bras et lancé :

— Excuse-moi, mon fils !

C'est vrai qu'à Marseille j'ai failli, une nouvelle fois, très mal tourner. Mais comme d'habitude, la musique m'a sauvé.

Je tiens ma rage dans ma gorge…
Je jette mes tripes dans la musique…

Né un 29 février 1960 à minuit…

« Oran-Marseille »

Avec une putain de bonne étoile au-dessus de mon sourire !

— 6 —

« DIDI[1] »

Tu as tout pour toi.
Laisse-moi juste te faire un bisou...
Prends, prends la beauté. Prends.

1. *Khaled* (Khaled, Barclay).

Je suis né sous le drapeau bleu-blanc-rouge.

Je me considère comme un citoyen du monde.

N'empêche, je suis bluffé de me retrouver un 14 juillet à Central Park devant trente-cinq mille spectateurs !

14 juillet 1991. À Central Park, poumon de New York, le French Music Office (FMO) s'est lancé dans un challenge d'envergure : prouver aux Américains que Paris mérite son titre de capitale internationale de la musique. Alors, sur la scène du Sundance Stage Festival — une initiative de Jo Killian — un Arabe, un Guinéen et une tribu de gitans célèbrent la fête nationale française (Cheb Khaled, Mory Kante et les Gipsy Kings).

Exotisme assuré.

Le concert gratuit de New York est le point d'orgue d'une tournée américaine organisée par Lucas Fox, d'Export Music Association (EMA), un organisme fondé pour aider les professionnels français du disque à conquérir les marchés étrangers. Avec Mory Kante et le groupe tzigane Bratsch, nous avons chanté à Los Angeles et à San Francisco.

J'avais longtemps cru que la France et Marseille étaient ma Californie. Et je découvrais la véritable Californie. Mieux, j'allais même y travailler et enregistrer un album avec une des sommités du show-biz hollywoodien. Moi, l'enfant perdu d'Oran. Le voyou du raï.

Mais entre l'épopée marseillaise et le rêve américain, j'ai coupé les ponts avec mes racines, renonçant à retourner dans mon pays...

L'appel du bled...

Le blues d'Oran !

J'avais envie de revoir mes parents, les amis. De sentir la terre du raï. Le voyage de trop. Je me suis heurté aux éternels problèmes du service militaire, du passeport volé, des douaniers jaloux, des flics véreux et des coups montés. On m'a humilié, fait de mauvais procès, mis en prison pendant deux jours. Je m'en suis tiré in extremis, prenant le premier avion en partance pour la France. Avec un *one-way ticket*.

Un billet sans retour.

Je ne suis jamais revenu en Algérie.

Je pouvais enfin ouvrir ma grande gueule !

Après Marseille, j'ai beaucoup travaillé avec Kada. Nous sommes partis en tournée au Portugal, en Italie, puis en Europe de l'Est et jusqu'au Japon... pour revenir en Afrique du Nord : Maroc, Tunisie, Égypte. Partout notre musique recevait un accueil formidable et totalement inattendu.

Comme moi, Kada ne connaît rien au solfège. Il joue de tous les instruments et travaille sa musique au feeling. Nous avons commencé à bosser ensemble sur une maquette ou, plutôt, un projet de maquette. Des séances de travail à l'oranaise. Chacun de notre côté. Je trouve une phrase, un refrain, une idée. Kada note tout, après quoi il se met au synthétiseur et laisse libre cours à son inspiration. Je trouve une autre idée, une deuxième phrase et nous continuons. Parfois, nous travaillons les textes ensemble.

J'utilise beaucoup les métaphores...

Un soir, je me suis souvenu d'un de mes amis du bled. Ce mec avait des problèmes avec les filles. Il ne savait pas draguer. Timide, il n'osait pas les aborder. Quand il le faisait, ça ne marchait pas. Pas de chance !

J'ai alors eu l'idée de comparer la drague à la pêche. Le pêcheur qui part en mer ne sait pas ce qu'il va ramener le soir dans ses filets : menu fretin ou gros morceaux. Mais il lance quand même ses filets... pour prendre quelque chose.

Prends : *Didi* !

Après le festival du raï de Bobigny et *Kutche*, *Didi* allait devenir mon troisième ticket gagnant.

Et je zappe sur *Didi*.

Je vous l'ai déjà dit, une bonne étoile brille constamment au-dessus de ma tête. J'ai une chance insensée. Chaque fois qu'il m'arrive une galère, chaque fois que j'arrive à la croisée des chemins, je rencontre un personnage providentiel qui croit en moi, à ma musique et qui relance la machine.

Marc Thonon est l'un de ces personnages.

À l'époque, Marc était éditeur artistique chez Virgin, et il avait bien flashé sur l'album *Kutche*. Et

Pascal Nègre venait de passer directeur général chez Barclay. Lui aussi avait flashé sur *Kutche*.

Pascal Nègre, autre personnage providentiel...

Plus tard, Pascal va engager Marc Thonon chez Barclay et me faire signer mon premier vrai contrat. Je dis toujours qu'il n'y a qu'un Nègre pour engager un Arabe. En tout cas, il fallait avoir des couilles pour se lancer dans une telle entreprise.

En route pour un deuxième album dont *Didi* sera le fer de lance. Mais ça, je ne le sais pas encore... Marc Thonon m'a suggéré plusieurs producteurs anglo-saxons. Nous avons choisi Don Was et Michael Brook. Après le 14 juillet à Central Park, je suis donc parti à Los Angeles avec Kada pour enregistrer le premier volet de ce qui allait devenir le disque *Khaled*.

Flash sur Don Was...

Le funky Don Was, leader du groupe Was not was, je rêvais de travailler avec lui. Celui qui fut le producteur de Bob Dylan, B 52's, Elton John, Rod Stewart, Iggy Pop, Paula Abdul et des Rolling Stones.

Beverly Hills...

Le rêve !

Don habite l'ancienne propriété de Yul Brynner. Il a tout racheté. Dans une sorte de parc avec piscine géante, il possède trois maisons. Il habite la première. La deuxième est réservée aux invités. La troisième est une sorte de musée qu'il dédie à toute sa carrière. J'ai vu le flipper que lui ont offert les Rolling Stones, les disques d'or, de diamant et de platine de Tina Turner. Keith Richard lui a offert une guitare. Cette maison, elle ressemble au Hard Rock Café. Près de la piscine, il y a également un pool-ranch équipé comme le plus performant des studios d'enregistrement.

Première surprise. Comme Stevie Wonder et Prince, Don Was est un fou de raï et de musiques orientales. Chez lui, il écoute des disques d'Oum Kalsoum à plein tube. Lorsque *Kutche* est sorti, j'avais un peu peur que mon public me reproche une trop grosse machine : tous ces instruments nouveaux, toute cette sophistication. Pour *Khaled* et la partie Don Was, je rêvais d'un gros son de basse funk. Un son qui vibre fort et frappe au cœur. Je voulais intégrer le raï à la palette sonore des années quatre-vingt-dix tout en respectant son originalité et son authenticité. Or, la marque de fabrique du raï, c'est le quart de ton.

Dans la musique traditionnelle, entre deux notes, il existe des demi-tons. À Oran, notre raï évolue de quart de ton en quart de ton. Entre deux notes, nous avons donc quatre divisions. D'où cette sorte de déhanché arabisant...

Le vibrato arabe !

Je voulais également lancer des ponts vers le rock, la dance, le flamenco et le reggae. Le reggae-raï parce que ces deux musiques ont un point commun : la pompe reggae sur le troisième temps. Le reggae a toujours influencé ma musique. À Oran, je rêvais en écoutant les disques de Bob Marley. Du coup, son reggae coule dans mon raï comme une seconde nature. Il existe des influences auxquelles on ne peut échapper.

Nous avons enregistré dans l'un des plus grands studios de Los Angeles, le Microplant. La première fois que nous y sommes allés, Janet Jackson travaillait dans le studio de droite et Bruce Springsteen dans celui de gauche. Don Was est un mystique. Le soir, il s'installait avec moi dans une immense pièce éclairée seulement par des bougies pour... « que je libère » ma voix !

Il me disait : « Tu es un chanteur d'émotions. Libère tes émotions ! »

Nous avons mis des cuivres, une basse à la soul to soul, des chœurs black, du funk. Cinq titres en boîte : *Didi* : « Prends, prends la beauté, prends. » *El-Arbi* : « Moi, l'Arabe, fils de forêt et de perdrix... » *Ragda* ; *Mauvais sang* : « Malgré plein de mauvais sang, ensabar khatri » et *Braya*.

Honnêtement, le résultat me plaisait bien. Mais mon angoisse était, une nouvelle fois, d'avoir forcé la dose.

Don Was...

Et Michael Brooks...

Ex-guitariste du groupe Martha and the Muffins, collaborateur de Brian Eno et producteur de Youssou N'Dour, Michael Brook a apporté un touche plus roots à la deuxième partie de l'album. Nous avons enregistré six titres aux studios ICP de Bruxelles : *El-Ghati*, *Shabi*, *Harai-Harai*. Les trois autres me tiennent plus particulièrement à cœur. *Wahrane* : « Ils font s'essouffler les policiers. Combien je t'aime, petite fille. Jupe et sac, elle frime avec. Si la nuit tombe, j'ai peur. Le jour se lève, sifflent les balles. » *Liah-Liah* (« Pourquoi ? Pourquoi ? ») : « Un sentiment me fait pleurer. On me croit possédé. Pardonnez ma passion, mais la brune m'a emporté. Dites à ma vie de s'endormir et d'éteindre sa lumière. Pour une empreinte de ses pas, je tuerai son mari. » *Ne m'en voulez pas*, écrite par Gilles Millet, est plus autobiographique : « Je cours toujours, j'ai souvent tort. Je dis que je viens et je ne viens pas. Je suis fatigué, oubliez-moi. Je dis que je t'aime et tu y crois. L'autre aussi, je l'aime autant que toi. Je tiens à elle autant qu'à l'autre. Elles sont si belles. C'est pas de ma faute. Je suis trop saoul. Je ne peux pas parler. L'alcool est doux dans mes pensées. »

Khaled est sorti au printemps 1992.

Soutenu par une campagne de publicité jamais vue pour un artiste arabe chantant en arabe, *Didi* a fait son entrée dans les hits. J'étais le premier Arabe à cartonner dans le Top-50 : cent cinquante mille albums vendus en France et cinq cent mille dans le monde hors Maghreb. *Didi* sera disque d'or en Israël, au Koweït et en Inde où, enregistré en hindi sous le nom de *Dédé*, il se vendra plus que le dernier Michael Jackson.

Khaled distribué dans vingt-neuf pays dont les États-Unis...

Je n'étais plus Cheb.

Mais Khaled !

Cette soudaine notoriété m'a enfin permis d'ouvrir ma grande gueule. On me prenait pour un illettré et on découvrait tout à coup que j'avais des choses à dire. Sur mon pays. Sur tous les extrémistes. Sur le racisme...

J'ai ouvert ma gueule et la polémique a suivi. Dans une interview au *Monde*, je déclarais : « On m'a dit que j'allais finir par être invité en Israël. J'ai dit que j'irais si ça se produisait. Don Was nous a fait rencontrer Ofra Azza, une chanteuse israélienne d'origine yéménite. Mon bassiste est juif, c'est un jeune juif d'Algérie, il s'appelle Maurice Zemmour. Il y a des Arabes avec moi, des Français, un Auvergnat. Les Juifs, ce sont les cousins des Arabes. »

Scandale !

Ma mère s'est inquiétée :

— Ils disent que tu es un agent du Mossad, mon fils. Qu'est-ce que tu as fabriqué ?

Rien, ma mère, rien du tout, je suis simplement l'ennemi juré de tous les intégrismes et de toute forme de racisme.

Le racisme...

J'étais dixième au Top-50 international. Je faisais partie du Top-Ten mondial et certaines radios se faisaient encore tirer l'oreille pour passer mes chansons. Toutes les stations — à l'exception de Skyrock — avaient déjà boycotté Rachid Taha et son titre contre le racisme : *Voilà, voilà, ça recommence.*

En ce qui me concerne, Nova, Skyrock, RTL, Europe 1, RMC et les autres ont joué le jeu. Sauf NRJ. Ils avaient peur. Lorsque *Didi* est devenu incontournable, j'ai été invité sur toutes les chaînes de télévision. Il faut dire que *Libération* — comme à son habitude — et *Le Monde*, une grande première, avaient déjà battu le rappel.

Le 12 mai 1992, j'ai chanté pour la première fois à l'Olympia. Après une tournée délirante, les rendez-vous du Bataclan — 18 et 20 novembre — m'ont définitivement placé sur orbite.

Satellisation de *Khaled* et de *Didi*.

Et j'ai continué d'ouvrir ma grande gueule. Pour moi, pour la nouvelle génération des Cheb, et aussi pour mon pays. *Le Monde* avait titré son article : « Rencontre avec Cheb Khaled, rebelle du raï algérien. Vin, accordéon, joie et rage. »

Il fallait que j'enfonce le clou.

J'avais ouvert une porte pour tous les jeunes musiciens de ma terre natale. Oran regorge de purs talents aux mains d'or qui continuent de se faire exploiter par des producteurs sans scrupules. J'étais fier de devenir leur exemple et leur porte-parole. « Si Khaled l'a fait, pourquoi pas nous ? »

Ouvrir ma gueule, parce qu'on m'a trop longtemps fait de mauvais procès. Comme dans l'affaire « chira ». Nous, les Oranais, parlons un dialecte spécial. Chez nous, « chira » signifie « la fille ». Mais les Algérois l'ont compris à leur façon. Pour eux, « chira » c'est la drogue...

Scandale.

Censure.

Alors, Khaled l'illettré s'est exprimé haut et fort.

N'en déplaise à ceux qui pensent que je ne fais rien pour l'Algérie, en novembre 1992 je déclarais déjà au *Nouvel Observateur* : « Dans leurs prêches, les gens du FIS n'arrêtent pas de dire : "Qu'est-ce que c'est que cette musique de merde ? Et ce Khaled, c'est un âne, c'est le diable, etc." Ils parlent comme ça. Et moi, je dis : le FIS, c'est qui ? C'est comme Le Pen. Des intégristes qui veulent le pouvoir et se servent de la religion. Moi je suis musulman, je suis croyant, je bois de l'alcool et ce n'est pas grave. J'ai ma note là-haut. »

Idem pour *Le Monde*. À la question : « Et si le FIS arrivait au pouvoir ? », j'ai répondu : « Ce serait la catastrophe. L'Algérie, c'est un pays de jeunes, un beau pays. Ils sont comme des oiseaux, là-bas, il ne faut pas les enfumer. Le FIS, c'est l'Iran. Plus de musique, plus de culture. Même plus de sport... »

J'ai même ajouté : « La religion est belle et seuls les fous en font un enfer ! »

Mais, je le répète encore une fois, je ne fais pas de politique. Je suis un artiste, donc un citoyen du monde. Ma seule politique c'est la musique, et j'en suis fier. Comme je suis fier du surnom que m'avait trouvé le journaliste Laurent Rigoulet dans *Libération* : Raïled !

Raïled...

Le raï !

Grâce à cette musique, grâce à *Didi*, au cours d'une tournée au Canada, moi, l'Arabe, j'ai été sacré artiste francophone de l'année.

Le raï...

Khaled et son titre phare *Didi* m'avaient mis sur orbite. Presque dans la foulée, j'ai enregistré *N'ssi N'ssi*.

Je zappe sur *N'ssi N'ssi*.

L'histoire de ce troisième album est le résultat d'une alchimie bizarre. La fusion entre une ville, un cinéaste et un compositeur d'exception. Fusion entre Marseille, Bertrand Blier et Philippe Eidel.

Marseille la blanche. Ma ville d'adoption. Marseille est à la source de ce projet puisque c'est là-bas que, cherchant l'inspiration, j'ai rencontré Bertrand Blier qui faisait des repérages pour les besoins de son nouveau film. Bertrand n'avait pas encore trouvé le titre d'*Un deux trois soleil*. Il avait des idées mais pas de scénario. Et l'une de ses idées était de me faire composer la bande originale de son film.

Je connaissais tous ses films. J'ai dit oui sans savoir où j'allais. Mon manager flippait. Je devais enregistrer un disque, partir en tournée et travailler une musique pour une pièce de théâtre. D'où vas-tu sortir ta musique, mon pote ?

J'avais une entière liberté à condition de respecter une exigence minimale : « Pas d'électronique ! » Alors que, moi, je m'orientais vers un univers dance avec de la basse, lui souhaitait une sorte de retour aux sources.

L'œuf de Colomb pour un raïman.

Idée géniale qui m'a permis de réaliser l'un des rêves de ma vie. Nous sommes allés enregistrer les violons au Caire avec la troupe qui accompagnait Oum Kalsoum, mon idole de toujours. C'est alors que Marc Thonon (l'homme de *Khaled*) a eu l'autre idée géniale : me faire travailler avec Philippe Eidel.

Flash sur Philippe Eidel...

Quand il a commencé la musique, Philippe est entré dans la sphère Taxi Girl et Indochine. Un univers techno-rap, techno-rock. Après il a travaillé sur la musique du *Mahabharata* pour Peter Brooks, et réalisé celle du *Bunker Palace* de Henki Bilal. Sans oublier les bandes originales d'une dizaine de films dont *1001 marguerites*, *Un été sans histoires*, *Ce que femme veut*, *Cible émouvante*, etc.

Géo Trouvetout, globe-trotter, ethnomusicologue, Eidel est un artiste touche-à-tout capable d'organiser des expositions comme *Home of the brave* et un spectacle tel que *Sud*, ou encore de réaliser des créations, des conceptions et des habillages musicaux pour Canal + et M6. Mais Eidel est avant tout poète, fou de désert et de ses tribus comme les Touareg, ceux qu'il surnomme « les seigneurs du Sahel »...

« Le désert est d'abord silence. C'est ce vide sidéral où le sable, la roche et même l'air semblent figés. Le désert, c'est aussi l'attente. Le temps s'égrène lentement, aussi longtemps qu'il en a fallu pour que les milliards de grains de sable s'amassent en dunes vagabondes au milieu de nulle part. »

Philippe Eidel...

Brillant, mais indépendant. Un alchimiste diabolique qui ne peut créer que dans un climat bien particulier : il faut que tout s'articule autour d'un axe où l'émotion, les sentiments et les valeurs humaines denses soient omniprésents. Eidel, c'est un surdoué qui préfère le fond à la forme et la sensation à l'apparence. Il a l'habitude de dire : « Il faut créer ensemble plutôt qu'avec ! » Il affirme aussi : « Il faut apparaître sous son véritable jour. Ne pas se travestir ! »

Bref, Philippe Eidel est un pur.

Moi, je suis timide. Hypertimide. Maladivement timide. Je suis le mec qui, depuis son enfance, se planque derrière son éternel sourire. Je fuis constamment. Je ne suis jamais à l'heure. Je travaille au feeling. Parfois même dans le bordel. Un bordel organisé. Mais lorsque je sens le génie je m'incline, donne carte blanche et m'investis à fond.

Il fallait que Marc Thonon ait un putain de sixième sens artistique pour réunir deux hommes apparemment aussi opposés que Philippe Eidel et moi.

Et pourtant, le mariage a fonctionné...

Nous nous sommes enfermés dans un manoir-hôtel-studio d'enregistrement situé à quelques kilomètres de Biarritz.

Premier round d'observation entre deux gros chats instinctifs et rusés. Philippe Eidel est arrivé avec ses musiciens et Pierre Paparamborde qui, à l'époque, travaillait comme directeur artistique chez Barclay. Moi, j'ai déboulé avec mes hommes : Mohsen et le guitariste Abdallah. C'était à l'époque du ramadan. Ma période préférée pour la création : pas de fête, pas d'alcool ou presque pas...

Je savais que Eidel était un peu inquiet : je donnais des rendez-vous et je ne venais pas. Je disais que j'avais des idées et je ne les disais pas... Je crois que ce qui nous a réunis, c'est l'accordéon. Du moins l'accordéon a-t-il facilité la reconnaissance mutuelle.

Je me souviens très bien de la scène...

Eidel avait apporté son piano à bretelles. Il ne savait pas encore que cet instrument est une de mes passions.

— L'accordéon, m'a-t-il expliqué, j'en joue depuis cinq ou six ans. J'aime ça. J'aime ça « physiquement » et, en plus, c'est un instrument qui me convient parfaitement au niveau de l'expression.

— Tu joues de l'accordéon ? lui ai-je répondu. Alors il faut que ce soit toi qui joue sur l'album.

C'est vrai qu'il s'en tirait très bien. Après, je lui ai montré ce que je savais faire...

La communication par l'accordéon ?

Eidel m'a posé des questions sur mon travail avec Don Was sur *Khaled*.

— Nous avons enregistré cinq titres en moins d'une semaine.

Là, il a halluciné.

Puis il a pris une décision :

— OK. Pour nous, ce sera une journée, une chanson !

Une journée, une chanson...

Le matin, Eidel faisait les arrangements. L'après-midi, j'arrivais avec les paroles. Certaines chansons étaient déjà écrites. D'autres n'étaient encore que des idées, des bribes qu'il fallait structurer et orchestrer. J'ai travaillé avec Eidel comme je travaille avec Kada. Dans un respect mutuel, l'urgence et l'improvisation.

Urgence et improvisation, les bases même de la créativité. Je me souviens de certaines phrases de Philippe Eidel : « Ce n'est pas parce que je travaille avec un chanteur algérien que je vais algériser ma musique à l'excès. » Ou : « Je déteste les clichés en musique. Je déteste le côté new age. Les instruments sont meilleurs quand ils sont confrontés à des musiques différentes. Le travail de l'orchestration, c'est de surprendre, de dérouter. J'amène ma perspective ! »

Surprendre. Dérouter...

Au début, nous avons piétiné. Le raï, la musique oranaise, est à l'opposé de l'instinct musical qui a cours en Occident. J'ai donc, hypocritement, laissé Eidel travailler avec son instinct. Et de son incompréhension de « l'oranais » sont nées des splendeurs. Par exemple *Bakhta*. Eidel voyait ça comme une valse, avec un emploi des cordes à l'occidentale. Il n'a pas imité le quart de ton, ni les violons arabes. Je ne m'attendais pas du tout à ce mélange Afrique du Nord-Occident. Personne ne s'y attendait. Nous avons tous été agréablement surpris. Le résultat final s'avérait très beau. Nous étions tous concernés. La chanson devient universelle grâce à ce genre de mélanges...

Après, tout a été très vite. Deux hommes, deux artistes fonctionnant à l'instinct. La vitesse que je demandais aux autres, je me l'appliquais à moi-même. Très souvent, les voix témoins étaient les bonnes : une seule prise !

Bosser avec Eidel : un réel plaisir...

Je l'ai laissé travailler. Il ne voulait pas se borner à des influences rock ou à la grosse cavalerie américaine, mais plutôt privilégier le jeu des violons, la mélodie, la voix. Parfois, je lui suggérais des instruments comme le naï, la flûte étroite égyptienne. C'est elle qui donne l'ambiance triste de *Kebou*.

Avec Eidel, nous avons mis cinq titres en boîte : *Kebou*, *Les ailes*, *Bakhta*, *Alech Taadi* et *Zine a Zine*. Cinq chansons majeures et un retour aux sources qui m'ont réconcilié avec mon public originel et les puristes inconditionnels du raï. Quatre autres titres seront enregistrés à Los Angeles avec Don Was : *Serbi Serbi*, *Adieu*, *Cheba*, et *N'ssi N'ssi* à la soul cuivrée.

Pour en revenir à *Un deux trois soleil*, la deuxième partie du travail s'est faite avec les rushes. Les images qui défilaient sous mes yeux me rappelaient exactement ma jeunesse, mon ghetto, les conneries que chacun fait quand il est minot. J'avais la tronche à l'envers. Je découvrais que Bertrand Blier était plus, beaucoup plus qu'un cinéaste. Il faisait partie de la famille des artistes.

Nous avons écouté la bande-son ensemble. Il restait assis avec sa pipe, très tranquillement, et soudain il me lançait :

— Pourquoi tu n'ajouterais pas un peu de guitare à cet endroit ?

Parce qu'en plus, il me donnait des idées. Je lui ai fait entièrement confiance. Je n'ai même pas assisté au montage final. Un artiste ne pouvait pas me trahir. Le soir de la première, j'ai reçu l'un des chocs de ma vie : regarder un film français avec une musique et un chant arabes. Un rêve éveillé !

N'ssi N'ssi sort en août 1993... annoncé en fanfare par un *Libération* toujours à l'écoute de la World Music : « King Khaled ».

King Khaled...

Mais le « roi » doit toujours se battre pour passer sur les radios. Peur des événements d'Algérie. Ma gueule, je continue de l'ouvrir : « Ils assassinent des intellectuels, des artistes et des gens connus pour réveiller le peuple et le conduire à la guerre civile. Il paraît que je suis sur la liste... » D'ailleurs, mon père, inquiet, vient me voir à Paris : « Mon fils, surtout ne rentre pas au pays. Ce n'est pas le moment ! »

Ma soudaine célébrité me désigne comme cible. Au Liban, pendant une conférence de presse, un journaliste se lève et me jette : « Khaled, tu es juif ! » Et il brandit un livre où il est écrit que ma mère est juive. La folie ! Quand je suis parti, à l'aéroport, les douaniers se repassaient mon passeport :

— Alors, c'est vrai ? T'es juif ou t'es pas juif ?

Pourtant, les distinctions pleuvent...

Jack Lang me nomme Chevalier des arts et des lettres. En septembre 1993, c'est Marcello Mastroianni qui me remet le Lion d'or à la Mostra de Venise. Je suis sensible à ces honneurs, mais ce qui me touche le plus c'est l'accueil délirant que me feront des milliers de spectateurs pendant mon concert au Palais des Sports de Tunis, surnommé le Dôme.

Flash sur Tunis...

Samedi 11 décembre 1993. Les huit mille spectateurs du Palais ovationnent mon ami Mory Kanté — invité d'honneur — qui assure la première partie du spectacle. Quand Mory termine magistralement son récital, la salle est en ébullition. Même ambiance qu'au Maroc. Tunis, c'est un peu l'Algérie. Nous sommes tous des Maghrébins. L'émotion est forte. Je ne peux m'empêcher d'imaginer que ce moment magique pourrait avoir lieu à Alger ou, mieux, à Oran. Chez moi. Dans le bled.

Ce soir-là, je vais chanter jusqu'à une heure et demie du matin. Les gens dansent sur les gradins, les filles lancent des youyous sensuels, la scène est inondée d'une pluie de fleurs.

Déjà, dans la Mercedes qui me conduisait de l'aéroport à l'hôtel Abou-Nouwass, le chauffeur m'avait soufflé :

— Khaled, tu es notre enfant. Tu portes haut la fierté arabe...

Des mots qui m'étaient allés droit au cœur.

Mes musiciens sont aussi émus que moi. Kouider Berkane, le violoniste, Hafid, le batteur, et Gaël Brünie ont les larmes aux yeux. Kada, mon « frère », Mohsen, le percussionniste, et les autres — dont Michel Boujenah dans le backstage — ne peuvent cacher leur émotion...

La soirée avait déjà commencé dans une « chaleur » intense avec les chants des stars tunisiennes : El-Hadi Herouba et Lofti Bouchenaq. Après, mon accordéon entre les bras, j'ai fermé les yeux en repensant à mon enfance, en vibrant pour Oran si proche. On avait voulu me briser. On avait voulu me faire rentrer dans le rang. On m'avait humilié, mis en prison, mais je n'avais jamais baissé les bras.

Khaled l'indomptable.

Khaled l'infernal.

Ils étaient huit mille sous le Dôme et douze mille dehors à être venus acclamer le « démon ». Pourtant, le spectacle n'était pas sans danger. Le gouvernement tunisien, alerté par des menaces de mort, avait modifié mes horaires d'avion, prévu un ballet d'agents spéciaux, une dizaine de limousines identiques et changé tous les trajets au dernier moment. Mon spectacle risquait de dégénérer.

Khaled l'artiste à hauts risques.

Khaled l'indomptable.

L'année 1993 se terminait en apothéose. La route avait été longue, parsemée d'embûches, mais j'avais toujours lutté, d'année en année, de pays en pays, de ville en ville, pour offrir à tous des raisons d'espérer.

J'aurais pu mal tourner...
Le raï m'a sauvé !

Les hommages ont continué de pleuvoir.

Le samedi 26 février 1994, au théâtre des Champs-Élysées, Marc Lavoine me remet le César de la meilleure musique de film pour *Un deux trois soleil* de Bertrand Blier. La cérémonie est retransmise en direct sur Canal +. J'ai le trac. Il y a là des ministres, des stars de cinéma et du show-biz, des producteurs... J'ai même tellement le trac que mon petit speech de remerciements s'en ressent : deux ou trois phrases bafouillées en omettant de parler de ma mère, de l'Algérie, de la jeunesse. Le plus important...

Caméras, appareils photos, micros, magnétophones, mouvements de foule, bousculades... Je suis invité à dîner au Fouquet's et attendu par mes musiciens à la Maison des Arts de Créteil pour les répétitions du Zénith.

Je préfère Créteil.

Après Créteil, direction Ivry et Le Penalty où Omar, Naïma et tous les amis m'attendent. C'est la fête. Le César passe de main en main.

Quand j'ai débarqué à Paris, en 1986, Le Penalty est devenu mon second foyer, mon repaire. Huit ans après, malgré un certain succès, ce bar de banlieue reste toujours présent aux rendez-vous du cœur et de l'amitié. Tous les grands événements de ma vie privée et professionnelle ont été fêtés au Penalty.

Le César, je l'ai oublié dans le coffre de ma voiture parce que ma tronche était ailleurs depuis longtemps... Au Zénith.

Après l'Olympia et le Bataclan, le Zénith.

Deux dates : les 5 et 6 mars 1994.

Deux fois sept mille personnes...

Deux rendez-vous d'importance !

J'ai pensé à un décor frimeur, accrocheur, et comme les enfants sont ma joie et mon porte-bonheur, je décide d'en faire monter tout un groupe sur scène... Il y aura aussi des choristes que Kada a déjà surnommés les « Khaledettes » en référence aux « Clodettes » de Claude François.

J'ai un trac de merde...

Malade !

Le Zénith est archi-comble. Une ambiance de folie. J'ai appris que des Algériens sont arrivés le matin même du bled pour assister à mon spectacle. Dans la salle, les musulmans se mêlent aux branchés parisiens et les bandes des banlieues aux intellos. Depuis que j'ai ouvert ma gueule, depuis que j'ai obtenu un César, il paraît que les intellectuels commencent à m'apprécier, moi « l'analphabète », « le voyou du raï ».

Zap sur le Zénith...

Ma première chanson ?

Salou-Aāla-Nabi...

Pour dire que l'Islam, c'est la beauté, la tolérance et l'amour !

Salou-Aāla-Nabi...

Pour saluer les musulmans !

Salou-Aāla-Nabi...

Un message à ceux qui sont venus du bled pour m'aider à triompher.

J'ai envie de chanter Oran.

J'ai envie de chanter l'amour.

J'ai envie de chanter la femme.

Et l'hymne à la femme, c'est *Bakhta* !

Bakhta...

Bakhta est la lumière d'Oran.
Sa beauté me brûle comme le soleil.
Et comme le soleil, elle soulage ma souffrance.
Même quand elle est en colère.
Même quand elle me ment.
Même quand elle me tourne le dos.
Son amour efface tout.

Bakhta.

Un clin d'œil appuyé aux Oranais. Cette chanson du folklore raï de l'ouest algérien, créée à l'origine par Cheikh Khaldi, a été reprise par Houari Blaoui dans les années soixante. Philippe Eidel et moi avons « revisité » *Bakhta* dans *N'ssi N'ssi* et, ce soir, *Bakhta* la belle enflamme le Zénith.

Nous sommes seize sur scène. Ou plutôt vingt. Mes dix musiciens habituels plus quatre violons, deux violoncelles et deux couples de danseurs — Bruno et Corinne, Cédric et Séverine — qui se lancent dans une époustouflante valse viennoise.

Autre grand moment d'émotion avec *Didi* et le groupe d'enfants dansant en rythme. C'est sur *Didi* que j'ai su que c'était gagné. Dès les premières notes de *Didi*, tout le public s'est levé et a dansé avec les gosses...

J'ai su également que c'était gagné quand la chanteuse Amina est montée sur scène avec un bouquet de fleurs à la main...

Les titres se suivent...

La Camel pour le retour aux sources, pour les nostalgiques de mes premières cassettes. *Shab el-Baroud, Serbi Serbi, Zine a Zine*...

Chaque chanson est saluée par une explosion de youyous...

Il paraît que le Zénith m'a fait entrer dans la cour des grands. Il paraît que je suis devenu incontournable. Moi, je suis resté le même.

Le même.

Avec une grande gueule...

Je continue d'enfoncer le clou : « Ils tuent, encore et toujours, des intellectuels, des médecins, des écrivains, des journalistes. C'est de la barbarie ! » Ou : « Personne ne m'enlèvera mon pays. Seul le chien oublie ses racines... »

Blues d'Oran.

Ma ville.

Mes racines.

— 7 —

« AÏCHA[1] »

Comme si je n'existais pas
Elle est passée à côté de moi
Sans un regard, reine de Saba
J'ai dit, Aïcha, prends tout est pour toi
Voici les perles, les bijoux...

---

1. *Aïcha*, Khaled/J.-J. Goldman (*Sahra*, Barclay).

Pour ma mère, à trente-cinq ans, star ou pas, j'étais l'enfant raté. Peu importe que je vende des millions de disques, que je sois numéro un dans une dizaine de pays, que les chebs du bled me considèrent comme leur héros. Pour Khedidja, tout cela n'avait aucune importance. Je restais l'enfant raté, la honte de la famille... parce que je n'étais pas marié.

Ma mère voulait absolument me marier.

C'était sa mission.

Elle voulait me sauver... Comme la fois où elle m'avait balancé aux flics afin que j'effectue mon service militaire dans le Sahara.

Pour me marier, Khedidja a vécu un an en France comme une clandestine. Elle me disait : « Je ne partirai pas tant que tu ne seras pas marié. Je resterai ici comme un pion. Je te ferai chier toute ta vie, et si les flics me ramassent, tu auras honte. Toute l'Algérie sera au courant ! »

Ma mère voulait absolument me marier...

Mais pas avec n'importe qui !

Il fallait une femme qui lui plaise.

Jusque-là, aucune fille, aucune de mes amies, fût-elle une simple camarade, n'avait réussi à « séduire » ma mère. Dès que j'ai eu quatorze ans, les ennuis ont commencé. Khedidja venait parfois me chercher chez mes potes et me mettait la honte. Je lui disais :

— Maman, ne me tape pas devant mes copains. Attends d'être à la maison !

Parfois, mon père se mêlait de la partie. Et ils me frappaient tous les deux. Résultat, le lendemain, je découchais.

Lorsque ma mère est venue à Paris pour me marier, elle habitait avec moi à Villejuif. Et même chez moi, à plus de trente ans, je ne pouvais pas amener une bouteille pour faire nos fêtes habituelles. Khedidja, c'est ma mère, mon amie, ma vie. Je n'allais pas me battre avec elle à cause de l'alcool. Alors j'allais coucher à l'hôtel. Parfois, je restais plus d'un mois sans rentrer à la maison.

Ces absences la rendaient folle. Elle ne supportait pas de me savoir dehors avec des potes. Elle se disait : « Je vais mourir. Il faut que je lui laisse une remplaçante. Quelqu'un de bien. Qui veille sur lui. Qui lui fasse des enfants. »

Pour me « désenvoûter », ma mère est même allée consulter un marabout. Un charlatan qui lui a piqué du pognon, mais qui ne m'a pas calmé.

Khedidja n'a pas baissé les bras.

— J'ai laissé ton père au pays pour venir te sauver. J'en ai assez de te voir brûler ta vie. Tu sors tous les soirs, tu bois, tu rentres ivre. Ce n'est pas une vie.

Dur. Dur. Dur.

Je galérais. J'étais incapable de m'attacher à une fille, la musique m'accaparait. Et comme les emmerdements n'arrivent jamais seuls, un soir, je me suis fait arrêter pour excès de vitesse et conduite en état d'ivresse. Deux chefs d'inculpation. La totale, comme aux grandes époques d'Oran, d'Alger et de Marseille. Mais on ne peut pas demander à un rebelle du raï de mener la vie de monsieur tout-le-monde. J'ai besoin de mes excès, de ma folie. Il faut que je pète régulièrement les plombs. Que j'explose les fusibles. La disjoncte est partie intégrante de ma musique, du raï.

La fête, l'amour, les femmes... Les racines du raï. Un soir d'octobre 1994, une amie esthéticienne m'a invité à dîner. Piège. Coup monté. Elle voulait me présenter l'une de ses relations.

— Viens, Khaled, je serai avec une super belle fille.

— Laisse tomber ! lui ai-je répondu.

Et j'ai rappliqué. La copine en question s'appelait Samira.

Coup de foudre...

Elle est belle, grande, brune, sensuelle et... timide.

Presque autant que moi.

Une semaine après cette première rencontre, j'ai appelé Samira. Nous sommes allés dîner chez Smaïn, au 404, avec quelques amis. Puis direction une petite boîte orientale sympa... On a passé la soirée à se regarder sans lâcher un mot. Comme des adolescents.

À 7 heures du matin, j'ai dit à l'esthéticienne :

— Elle est bizarre ta copine : elle ne boit pas. Elle ne fume pas. Elle ne parle pas. Mais... je crois que je suis amoureux d'elle.

Un mois plus tard, nous décidions de nous marier... dans les traditions. Ravie, ma mère Khedidja est allé demander la main de Samira à ses parents. Comme son père était à l'hôpital, c'est à son frère qu'elle s'est adressée. Pendant ce temps, j'étais en tournée. Je n'arrêtais pas de téléphoner.

Les fiançailles ont eu lieu chez moi, à Villejuif. Ma mère commençait à y croire. Je ne l'avais jamais vue si radieuse.

Voilà le travail...

Khaled Hadj-Brahim. Voyou du raï. Trente-cinq ans, un mètre soixante-treize, soixante-cinq kilos après le ramadan. Et Samira, vingt-deux ans, marocaine. Prépare un BTS de force de vente. Un mètre quatre-vingts, cinquante-neuf kilos. Deux hyper-timides. Deux écorchés vifs.

Et la blague qui courait à l'époque...

— Khaled va se marier : Didi-moi oui !

Jeudi 12 janvier 1995. Ma mère et plus de six cents invités commencent à s'impatienter devant la mairie de Levallois. Je dois épouser Samira à 17 heures et... je suis en retard. Certains pensent que je la joue : « Ne m'en veuillez pas : vous m'attendez et je ne viens pas. »

Pas aujourd'hui...

J'arrive avec Samira dans une longue limousine blanche, accueilli par des youyous. Après avoir toutes ces années chanté les amours impossibles et déçues, j'ai trouvé l'élue de mon cœur.

À 17 heures 40, Didi a dit oui à Samira Diabi devant Patrick Balkany, le maire de Levallois.

Ma mère pleure...

Elle pleurera jusqu'au casino d'Enghien où nous allons fêter notre mariage. La famille et les amis sont venus des quatre coins de la France, de Belgique, d'Algérie. J'ai invité mes « frères » marseillais et tous les anciens musiciens des Mille et une Nuits. Il y a là Houari, Dadi, Adda, Kamel, Djelloul. Sans oublier Kader le boucher. Il y a bien sûr Kada et toute sa famille. Et Momo, que nous avons surnommé « Momo le Garagiste », un fou de Johnny Hallyday...

Omar et sa femme Naïma, les patrons du Penalty, sont présents aussi. Ils ont réservé un hôtel d'Ivry pour tous les Marseillais.

Samira est en robe longue, blanche.

Je porte une redingote noire.

La fête commence avec Larbi, transfuge du groupe Raïna-Raï. Elle continue avec Cheb Houari et Cheb Rachid. Après le dîner, le grand Cheb Sahraoui vient chanter. Je le rejoins. Il passe derrière les claviers, Djafar saisit sa trompette et je me lance pour *Salou-Aāla-Nabi*. Samira me rejoint pour danser. Ma mère la suit. Nous dansons tous les trois...

Ma mère qui ne parvient pas à y croire...

Khaled l'indomptable a pris une épouse !

La fête a duré jusqu'au petit matin, animée par Cheba Zahouina...

Nous avons passé notre lune de miel à l'hôtel Concorde-Lafayette. Un mois plus tard, j'attaquais mon second Zénith.

Et l'Algérie continuait de saigner !

Et je continuais d'ouvrir ma grande gueule...

Chaque fois que des amis m'appelaient d'Algérie, malgré les massacres, ils me racontaient des blagues. Pour que l'horreur soit soutenable. En 1995, la dernière histoire « drôle » sur les événements du bled résumait parfaitement la situation. Comme chacun sait, il y a maintenant des faux barrages en Algérie. Vous ignorez si ce sont des gendarmes ou des islamistes vêtus des tenues des forces de l'ordre. Vous ne savez donc pas sur qui vous tombez. Un mec arrive en voiture. Ils le font descendre et lui demandent : « T'es pour qui, toi ? » Il répond : « Moi, les intégristes, je m'en bats les couilles ! » Alors ils lui font une grosse balafre sur la joue gauche, puis ils le laissent repartir. Un peu plus loin, le type tombe sur un autre barrage, un vrai cette fois-ci, mais il ne le sait pas. Là, on lui demande de quel parti il est. Il répond : « Les islamistes, c'est bien ce qu'ils font, ils vont nettoyer la plaine ! » Les gendarmes lui font une balafre sur la joue droite. Il part ensuite chez le médecin qui lui demande : « Quelle balafre je couds en premier ? » Et là le type répond : « Commencez par celle du milieu, car c'est ma bouche qui a parlé ! »

L'humour du désespoir...

Parce que, même pendant la barbarie, il faut continuer à vivre !

Je reste tout le temps en contact avec Oran. Des journalistes, des patrons de presse algériens viennent également me voir à Paris. Ils pleurent et me racontent :

— Khaled, maintenant, tu sais ce qu'ils font à un barrage ? Ils arrêtent un type avec ses deux petites filles. Ils prennent les gamines et les dépucellent devant lui. Ils appellent ça un mariage de jouissance. Ce mariage de jouissance, ce sont les Iraniens qui l'ont inventé ; ça n'existe pas dans la langue musulmane.

Déjà, en 1995, je disais : « Il faut que le peuple algérien se réveille. Si je vivais là-bas, je prendrais une arme et je ferais comme tout le monde pour protéger ma famille, et me protéger moi, sinon ma vie serait perdue. J'ai un ami dont le frère est devenu intégriste. Il lui a demandé : « Que ferais-tu si on te demandait de me tuer ? » Il lui a répondu : « Je te tuerai ! » « Ils » savent qui je suis. Moi, je suis un artiste calme. Je sais ce que je fais lorsque je dis que je suis musulman et que ce n'est pas bien ce qu'ils font. Un vrai musulman ne tue pas son frère ! »

Je suis un chanteur.

Un messager.

Un apôtre de la paix.

La paix...

En 1993, lors des accords israélo-palestiniens signés à Washington, j'ai chanté *Je te donne* en duo avec Jean-Jacques Goldman pour un sujet d'*Envoyé spécial*. Lui le Juif. Moi l'Arabe. Tout un symbole. Après l'émission, nous sommes allés dîner dans un resto. Timide, je n'osais pas lui parler. Je n'osais pas lui dire que je rêvais de chanter en français et que cette première chanson, je voulais que ce soit lui qui me l'écrive.

Finalement, je me suis lancé. Il m'a dit :

— Je ne parle pas arabe. Je ne vis pas arabe. Qu'est-ce que je peux faire pour toi ?

Je lui ai rétorqué :

— J'aimerais une chanson d'amour et une autre sur l'Algérie. Je ne suis pas un artiste engagé, mais j'ai envie de chanter l'espoir pour mon peuple. Dans mes albums, je parle de la fête, de la vie de tous les jours, de la liberté de la femme. Je parle aussi de mon bled, Oran... Dis tout ça en français pour moi...

Jean-Jacques Goldman...

Pendant des mois, je n'ai pas eu de nouvelles de lui. Et puis, un jour, il est arrivé avec deux textes : *Aïcha* et *Le jour viendra*. Une chanson d'amour et une de paix. Deux merveilles. Il m'a laissé bouche bée. Comment a-t-il fait pour voyager ainsi dans ma tête ? Le bon Dieu lui a donné quelque chose en plus !

Voyages...

Le thème principal du futur album *Sahra*. Chez nous, à Oran, on mange les « a ». Sahara, c'est Sahra. J'adore ce désert... Mais Sahra, ça signifie également : « Y'a rien à gratter. » J'aime bien cette ambiguïté.

Après *Kutche*, *Khaled* et *N'ssi N'ssi*, *Sahra* se définissait à l'origine comme « le quatrième voyage de Simbad ». On ne change pas une équipe qui gagne. Pendant quelques semaines, Philippe Eidel, Kada et moi avons jeté les bases de la future maquette alors que Pierre Paparamborde partait en repérages à la Jamaïque. Il avait déjà travaillé là-bas avec Bernard Lavilliers et Jimmy Cliff...

Cliff allait nous ouvrir toutes les portes !

L'invitation au voyage...

Le trip harmonique a commencé au studio Davout, à Paris. Avec Jean-Jacques Goldman, Erick Benzi et l'assistant du studio. Point. Concentration extrême. Goldman est un perfectionniste qui travaille en circuit fermé. Pas une personne de trop. Il faut savoir respecter cela. Je l'ai fait. Même si, d'habitude, j'aime bien que ce soit un peu le bordel avec des gens passant boire des coups, raconter des conneries, « tchatcher ». Dans le boulot, Goldman est très carré. Son pouvoir de concentration est absolu. Il m'a beaucoup appris. Nous avons enregistré *Aïcha* — du nom de l'ultime épouse du Prophète —, ma première chanson dans la langue de Molière, et *Le jour viendra* bâti sur une trame multicolore de violons et de oud, une sorte de luth.

L'invitation au voyage.

Paris. La Jamaïque !

Et je zappe sur la Jamaïque...

Nous débarquons en août 1996 à Ochos Rios, dans le nord de l'île, une petite ville de trente mille habitants, située en face de Cuba. Il y a Paparamborde, Kada, Mohsen, le percussionniste, Philippe Eidel et votre serviteur. Nous retrouvons le producteur, Clive Hunt, qui nous attend au studio Grove Yard.

À la Jamaïque, Clive est une légende. Il a fait des arrangements de cuivres pour Bob Marley. C'est lui qui a amené Alpha Blondie pour la première fois dans un studio d'enregistrement.

L'histoire de Clive est assez drôle. À dix-huit ans, il a été envoyé par le gouvernement jamaïcain en Angleterre, à l'Académie royale de musique, pour y apprendre le solfège. Quand il est revenu à la Jamaïque, Clive a tout de suite été engagé par les grands studios parce que c'était l'une des seules personnes de l'île capable de lire des partitions et de les transcrire. Il a très rapidement travaillé avec les plus grands. Son palmarès est éloquent : 1973, le Dynamic Sound de Kingston avec les Rolling Stones. Puis il devient le producteur de rastamen (?) comme Peter Tosh, Toots and the Maytals, Jimmy Cliff. C'est également Clive qui a assuré le duo *Melody tempo harmony* de Bernard Lavilliers et Jimmy Cliff, date de la rencontre avec Paparamborde.

Paparamborde avait effectué les repérages.

Jimmy Cliff avait ouvert les portes.

Clive Hunt a tout bétonné...

Il a d'abord monté un groupe d'une douzaine de musiciens avec les cuivres des Wailers et quelques vétérans du reggae tels Mickey Chung, le batteur de Jimmy Cliff, Bengin et l'un des claviers qui a beaucoup travaillé avec Bob Marley.

Je buvais du petit lait...

Dans les années soixante-dix, à Oran, quand mes copains et moi parlions de BMW, il ne s'agissait pas des bagnoles, mais de Bob Marley Wailers ! Pour moi, Bob Marley a été un maître, une sorte de gourou musical. Le plus drôle, c'est de s'apercevoir qu'à travers la musique, trois Arabes qui ne parlent pas du tout anglais parviennent à communiquer avec douze Jamaïcains qui parlent un anglais plus jamaïcain qu'anglais. Avec des signes, des gestes et un sabir d'espagnol anglo-français, nous sommes arrivés à nous comprendre dans un studio et à créer une atmosphère.

Il est très difficile d'acquérir le respect des musiciens jamaïcains. Surtout chez eux. Mais les Jamaïcains et les Arabes se respectent d'autant plus facilement qu'ils sont issus de peuples qui ont souffert. C'était géant !

Flash sur l'enregistrement...

J'avais deux solutions. La jouer en demi-teintes ou me foutre à poil, tout balancer. Et quand tu te fous à poil, soit les mecs se foutent de ta gueule, soit ils se mettent à poil avec toi. C'est ce qui s'est produit. Avec une rencontre musicale magique.

Mohsen joue des percussions arabes ? Aucun batteur jamaïcain n'avait jamais vu un derbouka ou un bendir. Et lorsque je me suis mis à jouer de l'accordéon, tout le monde s'est éclaté comme si je venais de sortir le dernier Tamagotchi.

Eux nous ont vraiment appris le reggae !

Nous, nous leur avons vraiment appris le raï !

Quant à l'ambiance des studios...

On y trouve les enfants, les chiens, les amis des amis qui viennent fumer des pétards. Il y a toujours plein de monde. C'est un rythme dans lequel il faut rentrer. Un rythme qui me convient parfaitement. C'est un peu ça, le reggae, le bordel ambiant. Le bon reggae, c'est celui qui est musicalement imprécis. Comme le bon raï !

Je me souviens d'un gag...

On travaillait de 10 à 15 heures. À 15 heures 01, la moitié du pays était raide. Des joints d'enfer. Sur une chanson, je disais « El-harba ouine » (fuir, mais où ?) ; les Jamaïcains comprenaient « we have no green » (« nous n'avons pas d'herbe ») et les chœurs reprenaient : « Mais nous avons des feuilles ! »

Puis nous sommes allés à Kingston, au Tuff Gong Studio, le quartier général du clan Marley. C'est là que le grand Bob a enregistré tous ses albums. Sur *Ouelli el-darek*, Rita Marley, sa veuve, est venue faire les chœurs avec son groupe, les I-Three. Grâce à une nouvelle intervention de Clive Hunt et de Jimmy Cliff. L'ambiance était indescriptible.

Pendant les enregistrements, nous avons eu la visite de tous les passionnés, de toutes les gloires du reggae : Burning Spear, Dillinger, Blondie... Il régnait là une véritable convivialité. Et je suis certain que c'est pour cette raison que l'album a cartonné.

Flash sur Rita Marley...

Ma rencontre avec Rita fut un moment de grande émotion qui restera à jamais gravé dans ma mémoire. Devant elle, j'étais comme un petit enfant. Timide, si timide. Elle était ravie de rencontrer un raïman. C'est une digne et vieille mama partagée entre son business et sa passion. Quand elle enregistre en studio, elle redevient une petite fille. Elle déconne avec ses copines. Elles sont derrière leur micro en train de se crêper le chignon, de se faire les ongles entre deux séances. Je l'ai embrassée et mon cœur a chaviré. Il y avait une grande symbolique derrière tout ça : je vivais en direct un de mes grands rêves de gosse pauvre...

À la Jamaïque, nous avons mis en boîte *Mektoubi*, *Ouelli el-darek*, *Lillah*, *Stratli*, ainsi que *El-harba* et *Raïkoum*.

Nous sommes ensuite rentrés à Paris. Ma fille Sarah — à qui j'ai dédié l'album — née le 29 juillet, avait des problèmes de santé, et j'ai lutté avec elle aux côtés de mon épouse Samira...

À Paris, Philippe Eidel a réuni, au studio Zorrino, une ménagerie d'instruments sous son grand chapiteau World Music : darboukas, accordéon, luth, bouzouki, violoncelle, contrebasse.

Parallèlement, Pierre Paparamborde et Kada sont partis à Los Angeles pour retrouver Don Was qui achevait de mixer ses trois chansons : *Ki kounti*, *Haya-Haya* et *Walou-Walou*...

Paris-Jamaïque-Los Angeles... L'invitation au voyage prenait corps. Il ne me restait plus qu'à finir ce trip initiatique en immortalisant Marseille, ma ville d'adoption...

Zap sur *Oran-Marseille* !

Oran-Marseille, ce sont d'abord les rappeurs marseillais du groupe IAM. Pourquoi IAM ? Parce que j'aime ces mecs. J'aime leur musique. Chill, Jo et Pascal parlaient de moi dans l'une de leurs premières chansons. Entre les mecs des banlieues marseillaises et un zonard des faubourgs d'Oran, le courant ne pouvait que passer. Nous nous sommes donc retrouvés au studio Davout, porte de Montreuil. Kada était là...

Pendant ce temps, *Aïcha*, sorti en single avant l'album, faisait un malheur : six cent mille exemplaires vendus. Pendant tout l'enregistrement de l'album, nous avons eu le moteur *Aïcha* derrière nous. Mais ce moteur, ce turbo, finissait pas être décrié par les puristes, car trop commercial.

Le duo avec IAM rééquilibrait l'album, le faisait revenir également vers mon public original, celui des banlieues. Avec Chill, Jo et Pascal, nous avons évoqué Marseille, sa lumière orange, le Vieux-Port, la Canebière.

Le voyage se terminait.

Qu'est-ce que je ramenais dans mes valises ?

Des complaintes enflammées. Des curiosités touristiques. Des nasillements désertiques. Des mélopées lancinantes. De la soul cuivrée. Du « hip hop harissa rap ». Du raï cool. Des déserts. Des tapis volants. De l'afro-calypso blues. Du funky reggae. Du reggae flamenco raï. Du reggae slow roots.

Qu'avais-je oublié en route ?

Une seule déception. Ne pas avoir pu mettre dans *Sahra* El Nino, un jeune Gitan flamenco extrêmement brillant. El Nino est venu à Paris et nous avons enregistré ensemble un titre éblouissant écrit par Idir. Mais pour des raisons assez nébuleuses de droits d'auteur, nous avons renoncé à ce pur joyau.

Sarah l'album. *Sarah* dédié à ma fille Sarah. Et Sarah Moon, qui s'est occupée du clip. Oui, *Sarah* ne pouvait que bien marcher ! Parce que, paradoxalement, *Sarah* sonnait plus raï que *Khaled* ou *N'ssi N'ssi*. Certains critiques, après cet album, ont écrit que je souffrais du syndrome Édith Piaf : je peux désormais tout chanter.

Mais ça, j'en suis fier.

Comme je suis fier de la Victoire de la Musique décernée à *Sarah*, chanson de l'année écrite par Jean-Jacques Goldman.

Un bonheur non plus n'arrive jamais seul !

J'ai rencontré Mahmoud Zemmouri à un concert pendant la préparation de *Sahra*. Metteur en scène des *Folles années du twist*, de *Hollywood à Tamanrasset* et de *L'Honneur de la tribu*, il travaillait depuis des mois sur les difficultés des jeunes dans les banlieues et les cités. Mais ce sujet, devenu trop « classique », ne l'inspirait plus. Il m'a suivi en concert. Il a vu mon public. Puis il a rencontré Cheb Mami. Petit à petit est née l'idée de réaliser une comédie légère sur fond de raï. Zemmouri ne voulait pas passer par les clichés habituels des banlieues, à savoir la drogue, la violence, le racisme, les rodéos automobiles, les vols... Pour Mahmoud, la banlieue est en fait beaucoup plus « positive » qu'on ne le montre. Il voulait réaliser un film sur les Beurs, leur mode de vie, leur univers ? Eh bien aujourd'hui, les banlieues ne vivent-elles pas au son du rap et du raï ?

Après notre rencontre, Mahmoud Zemmouri a réécrit son scénario en y introduisant une opposition comique entre les pseudo imams de la mosquée et les représentants les plus actifs du quartier incarnés par des groupes de raï et de rap. Nous avons tourné à Montreuil — banlieue de départ de l'initiation au voyage *Sarah* — et j'ai dû raser ma moustache.

Le tournage n'a posé aucun problème. Entre Cheb Mami et moi, il existe une réelle amitié et un véritable respect.

Je zappe sur Mami.

De six ans mon cadet, Mami s'est installé en France dès 1985. L'année suivante, il passe à l'Olympia. En 1989, il part en tournée à travers les États-Unis et enregistre son album *Let me raï*, à Los Angeles, dans la foulée. 1996 sera l'année de gloire de Cheb Mami : un Zénith à guichets fermés et un disque d'or pour son album *Saïda*. Pour les médias, je suis le « roi du raï » et il en est le prince. Mais je n'aime pas cette comparaison ; nous sommes simplement deux artistes algériens.

Le tournage pose d'autant moins de problème que, en plus, Mahmoud Zemmouri a été acteur : *Tchao Pantin, Pinot simple flic, La Smala*... Avec cette expérience, Zemmouri a su respecter ma timidité, la fougue de Mami et nos expériences respectives des cités, des banlieues et de la culture maghrébine.

Du coup, *100 % arabica*, c'est le contraire de *La Haine*. Une sorte de comédie musicale. J'y interprète le rôle d'un jeune banlieusard, Rachid, un ancien pickpocket qui jure avec trois copains — d'anciens voyous — de ne plus voler ni de toucher à la drogue. Tout ça pour fonder un groupe. On achète un vieux car de CRS dans une casse pour faire la scène, mais nous rencontrons des problèmes avec les intégristes qui essaient de saboter le concert en débarquant avec des bâtons...

La bande son reste un monument du raï. Dans le quartier qui sert de cadre à *100 % arabica*, les jeunes vont s'éclater dans une boîte, le Raporiental, où se produisent les groupes de Rachid (votre serviteur) et Cheb Krimo (Cheb Mami). La bande son reste donc un monument du genre confié à Maghni.

Flash sur Maghni...

Compositeur et arrangeur algérien, Maghni a commencé dès 1980 la grande aventure raï dans un studio oranais. Après un premier séjour en France où il rencontre des musiciens comme Jaco Pastorius, Idrissa Diop et Paco Seri, Maghni retourne à Oran où le raï professionnel se développe. Ainsi, c'est lui qui enregistrera le dernier disque de Rachid Taha. Come-back en France où Maghni s'installe définitivement et fonde son propre studio, rue du Paradis. C'est ici qu'en 1993 Cheb Hasni enregistrera son ultime album avant d'être assassiné de deux balles dans la tête.

La bande son de *100 % arabica* ?

Quelques-uns de mes titres et d'autres de Cheb Mami, mais aussi de Cheb Nasro, Cheb Aïssa, Nacera Beloumri et Rimiti avec son titre *Mañdi z'har* !

Le succès d'*Aïcha* et, plus tard, celui de *100 % arabica* vont me permettre, encore une fois, de m'exprimer sur les événements algériens. Ce n'est pas parce que je ne fais pas de politique qu'il faut que je ferme ma gueule sur la barbarie quasi-quotidienne qui met l'Algérie à feu et à sang.

Ma grande gueule, je l'ai encore ouverte en janvier 1997 dans le quotidien belge *Le Soir*. « Où va l'Algérie ? », m'a demandé le journaliste. « On n'en sait rien, lui ai-je répondu. La situation est d'autant plus dramatique que nous sommes en pleine période de ramadan qui est un mois fragile. Il y a des enfants qui meurent, qui se font égorger, violer. Ce sont des méthodes dignes de la mafia. Ces soi-disant émirs ne savent même pas lire une sourate du Coran. C'est comme un curé qui ne connaît pas l'évangile. Pendant trop longtemps, j'estimais ne pas avoir le droit d'exciter les gens, que les artistes sont faits pour apporter la paix, la gaieté et la joie de vivre. Aujourd'hui, je retourne ma veste et c'est la première fois que je le dis : il faut que le peuple se réveille ; il faut qu'il tranche : personne ne peut retenir un peuple en révolte. Ni les militaires, ni les terroristes. Je ne suis pas en train d'exciter ou d'insulter quelqu'un, ni de dénier ma race ou ma religion. Je dis la vérité. Point à la ligne. »

Je ne savais pas encore que la barbarie ne faisait que commencer...

— 8 —

« LE JOUR VIENDRA[1] »

Et la nuit tendait les bras pour y bercer le jour
Et les ombres de nos pas marchaient au pas de l'amour
Le feu jouait dans l'eau comme jouent des frères
Était-ce vrai ou bien n'était-ce qu'un rêve ?
Oh, le jour viendra...
Les grands lions apaisés buvaient près des gazelles
Les tempêtes se levaient pour éteindre les braises...
... J'ai vu des cailloux plus doux que les plus doux des velours
J'ai vu la paix bénir mon pays que j'aime
Était-ce vrai ou bien n'était-ce qu'un rêve ?

1. *Sahra*, J.-J. Goldman/J.-J. Goldman.

Il s'appelle Claude Coutant. Mais moi, je le surnomme « le colonel ». C'était à l'époque de *Didi*. Je faisais beaucoup de tournées et je sentais que nous avions des problèmes au niveau du groupe, de la scène, de l'organisation générale. Il me fallait un « conseiller », un pro des méga-concerts, un mec ayant une expérience des groupes anglais et américains. C'est à ce moment que Coutant est intervenu.

La première fois que je l'ai vu, c'était dans une très belle abbaye du côté de Tours. Il a assisté au concert sans rien dire. Puis nous avons discuté. Il portait un pull bleu marine avec des épaulettes, et il avait glissé son paquet de cigarettes dans l'une d'entre elles. Je l'ai pris pour un gendarme. D'où le surnom de « colonel » qui lui colle à la peau depuis des années.

Et je flashe sur le « colonel »...

Ancien boxeur, ancien footballeur, le « colonel » a démarré sa carrière « musicale » chez K.C.P. comme directeur de production. Il a travaillé avec les Rolling Stones, Pink Floyd, Dire Straits et dans tous les plus grands shows en plein air. Il a inauguré les endroits les plus géants comme l'hippodrome d'Auteuil, Central Park. À l'époque des seventies, il a également bossé sur les concerts de Deep Purple, Led Zeppelin... Le « colonel » a aussi travaillé avec Bashung, Higelin et Diane Dufresne dont il était le gérant-manager. Claude Coutant a donc débarqué à la demande du promoteur de Caramba Productions, Luc Gaurichon. Son diagnostic ?

— Vous jouez genre « baloche », ce qui n'est pas péjoratif, mais vous êtes trop serrés sur scène. Il faut éviter les problèmes de boisson. Si vous ne voulez pas passer pour des amateurs, vous devez travailler comme les Anglais. À savoir on arrive à l'heure, on est pro, on fait un show, on repart et on dit : merci monsieur !

Le « colonel » nous a suivis à Nyons où j'ai assuré la première partie de Jo Cocker, puis en Suède et dans tous les gros festivals. À chaque fois, il me faisait découvrir la scène une heure avant le spectacle. Il me faisait évoluer en me disant de cavaler dans tous les sens :

— Il faut que tu bouges, que tu descendes de la scène. Tu es doué pour ça. On va retirer le fil de ton micro. Tu vas pouvoir ainsi faire ce que tu veux : aller, venir, occuper vraiment la scène. Question musiciens, vous ne jouez plus côte à côte. Vous ne vous touchez plus des épaules. Vous êtes tous à quatre mètres d'écart et vous faites un grand show !

À l'époque, le « colonel » était officiellement régisseur et directeur de ma production. Officieusement, il était le pote qui me conseillait pour me lancer au maximum. J'avais confiance en lui ; nous n'avons jamais eu d'histoires d'argent ou de quoi que ce soit. Quand ça n'allait pas on s'engueulait, mais on avançait.

Sur scène, le colonel me faisait des signes : descendre de scène, ne pas descendre, couper le micro... Une affaire d'amitié plutôt que d'argent ou de travail. Il était simple et clair avec moi :

— Si cela ne te plaît pas, je ne suis que de passage dans ta vie. C'est ta carrière. Tu la gères comme tu veux !

Après le Bataclan, nos routes se sont séparées à Annecy. Pour des raisons nébuleuses où Claude n'avait rien à voir. Mais chaque fois que ça n'allait pas, je rappelais le « colonel » à la rescousse. Son verdict était toujours identique :

— Tu n'es pas à l'aise. Les musiciens ne jouent pas. Vous redevenez « baloches », et les « baloches » ce n'est pas bien. Les gens n'attendent pas ça de toi. Ils attendent que tu foutes le feu à la salle !

Il avait raison.

Que faire ?

— Il faut éclater le groupe et en remonter un autre !

Radical, le « colonel » !

Claude s'est mis à l'écoute de ce que je voulais vraiment, de ce dont j'avais besoin. Voilà l'aventure : en janvier 1996, après *Sarah*, en rentrant du MIDEM, le « colonel » est devenu mon agent officiel. Parce que j'ai besoin d'un soutien affectif plutôt que d'un « business-affaires ». Un soutien affectif, mais professionnel. À chaque fois que des gens ont voulu assurer l'intérim, ce fut une catastrophe.

Ces gens se prenaient la tête en se croyant de grands managers. Et ça me prenait la tête. Ce n'est pas une chose à faire avec moi. Je suis quelqu'un de très humble, et j'ai besoin de travailler avec des gens humbles qui me font avancer dans ma carrière, sans se prendre pour des génies.

Je ne sais pas dire non et j'ai aussi besoin de quelqu'un qui le dise à ma place. Bref, Claude et moi avons bâti un show à l'américaine. Aujourd'hui, mon spectacle dure une heure cinquante contre deux heures quinze auparavant. Avec deux chansons de rappel. Tous les morceaux sont collés. Il n'y a pas de trou. Entre *Didi* et l'introduction de *Aïcha*, on ne laisse plus huit minutes de battement mais trois.

Claude a tout verrouillé...

Et moi j'essaie de tout déverrouiller...

Parce que je n'aime pas être enfermé !

À chacun son boulot...

Moi, je ne me rends pas compte de ma popularité, et je vais acheter mes cigarettes tout seul. Je n'ai pas de garde du corps. Alors je signe des autographes, j'embrasse les gamins, je discute avec les gens. Résultat : on rate des trains, des avions.

Claude est là pour me « protéger », parce que je ne me « protège » absolument pas. Je suis quelqu'un de simple ; j'habite dans un pavillon de banlieue. La gloire ne m'a pas tourné la tête.

Le « colonel » respecte ça.

Même s'il a les boules que je chante sur scène avec un genou blessé. Même s'il disjoncte quand je signe des autographes dans un fauteuil roulant.

Fin décembre 1997...

J'ai une longue discussion avec le « colonel ». Nous évoquons la sortie prochaine de mon album « live », la préparation de cet enregistrement qui aura lieu au Zénith le soir du 20 mars 1998. Je lui confie également mes craintes concernant l'Algérie. Le ramadan va commencer en janvier et cette période, qui devrait normalement être un mois de paix et de réconciliation, risque une nouvelle fois de dégénérer...

Dans la nuit du 30 décembre, à Relizane, presque aux portes d'Oran, près de chez moi, les « bouchers » massacrent plus de quatre cents villageois à coups de hache, de bêche, au couteau ou au fusil. Les femmes sont violées, les bébés éventrés, décapités, coupés en morceaux. Ceux qui tentent de résister sont écartelés et découpés à coups de sabre.

Le ramadan sanglant...

Deux semaines à peine après la nuit des martyrs de Relizane, « ils » frappent aux portes d'Alger, à Sidi-Hamed, massacrant et torturant plus de cent villageois innocents. Des mares de sang, des têtes coupées, des gamins agonisants au crâne fracassé à la hache, des femmes éventrées, pendues avec leurs viscères.

Voyage au bout de l'horreur...

« Ce sont nos enfants qui nous égorgent ! », hurlent les rescapés. Un millier de morts depuis le début du ramadan. Plus de soixante mille en six ans : une guerre sans fin ! Une guerre sans nom où « ils » commettent régulièrement des crimes contre l'humanité. Une guerre barbare qui dure depuis dix ans. Une guerre inhumaine qui s'est amplifiée le 29 juin 1992 après le meurtre de Mohamed Boudiaf, le seul président algérien décidé à changer l'histoire du pays.

Son successeur, Liamine Zeroual ? Dans *Le Nouvel Observateur*, Y.B., le chroniqueur du quotidien *El-Watan*, le définit ainsi : « Le seul président de l'histoire de l'humanité dont le nom commence par zéro. Ce qui tombe bien dans la mesure où sa gestion de la crise algérienne est nulle. »

Les observateurs internationaux ?

Comme le dit le journaliste algérien Youcef Hadj-Ali : « Que l'Europe arrête enfin de servir de relais aux chefs terroristes. » Notamment en Angleterre...

Les femmes ?

Dans mon pays, elles ont plus de couilles, plus de courage et plus de recul que les mecs.

La musique ?

Dans *Le Point*, Olivier Weber, envoyé spécial en Algérie, raconte : « Sous les lumières blafardes de la petite maison de la culture, on donne ce soir-là un concert de raï. Lunettes rondes, pull à col roulé et jean noir, Cheb Mourad, vingt et un ans, fait vibrer avec son orchestre, les Étoiles de la Nuit, la foule d'adolescents qui se déhanchent sous la scène. "On veut nous empêcher de chanter, mais tous les jeunes adorent le raï, dit Cheb Mourad. L'Algérie a la musique dans le cœur." Quand il entonne *Aïcha*, de Cheb Khaled, en français puis en arabe, la salle reprend son souffle, émue par ces paroles d'amour, sans souci des guetteurs envoyés par les islamistes qui peuvent rôder à cette heure tardive. Et lorsque le chanteur glisse entre les paroles du refrain "J'aime mon pays, j'aime mon pays", un vieil homme au chèche jaune, assis à l'entrée de la salle, pose sa tête sur son bras et pleure. »

J'ai vu la paix bénir mon pays que j'aime
Était-ce vrai ou bien n'était-ce qu'un rêve ?...

Derrière mon sourire se cachent aussi les souffrances d'une Algérie qui saigne. Mais je reste persuadé que ces terribles souffrances peuvent engendrer une Algérie nouvelle.

INDEX DES NOMS CITÉS

REMERCIEMENTS

à

Samira, ma femme,
Khedidja Mabrouka, ma mère,
Adda Hadj-Brahim, mon père,

ainsi qu'à

Djamel, Philippe Eidel, Kada, Kader le boucher, Martin Meissonnier, Mohsen, Pascal Nègre, Olivier Caillart et Pierre Paparamborde.

aux chanteurs et musiciens

Abdallah, Abdelkader, Adda, Abdel Hadi, Benchenat, Dadi, Djelloul, Noreddine Khalaoui, Fadela et Cheb Sahraoui, et à Cheb Hasni en hommage,

au colonel Senouci
et à Claude Coutant.

TABLE DES MATIÈRES

Directrice littéraire
Huguette MAURE

Graphiste
Pascal VANDEPUTTE

Attachées de presse
Nathalie LADURANTIE
Myriam SAÏD-ERRAHMANI
Sophie HOURDEQUIN

Photocomposition :
PPC – 75017 Paris

Impression réalisée sur CAMERON par
BRODARD ET TAUPIN
La Flèche

pour le compte des Éditions Michel Lafon
en février 1998

Imprimé en France
Dépôt légal : février 1998
N° d'impression : 6496T-5
ISBN : 2-84098-361-3
50-1657-1
ML 471